ハーレクイン文庫

十二カ月の恋人

ケイト・ウォーカー

織田みどり 訳

HARLEQUIN
BUNKO

THE TWELVE-MONTH MISTRESS

by Kate Walker

Published by Harlequin Japan, a Division of K.K. HarperCollins Japan, 2024

十二カ月の恋人

◆主要登場人物

カサンドラ…………元通訳。愛称カシー。
ホアキン・アルコラール……ワイン製造会社社長。
ファン・アルコラール……ホアキンの父親。大富豪。
メルセデス…………ホアキンの妹。
ラモン……………ホアキンの異母弟。
アレックス…………ホアキンの異母弟。

1

壁の真ん中にかけられたカレンダー。どちらの方向を向いても目に入ってしまう。それがこのごろはますます目につくようになった。日ごとに大きくなっていく気さえする。

上にはいやでも目に飛び込んでくるような、スペインのお祭りの色鮮やかな写真。

だが問題は、写真の下に黒々と印刷された日付のほうだった。その中に、見たくない一日があるのだ。

その日がくるのを恐れるべきなのか、逆に待ち望むべきなのかは、カサンドラにもわからなかった。どんな一日になるかは、ホアキン次第だから。カサンドラの運命はホアキンの手中にある。

それを変えるために彼女にできることといえば、わざと状況を悪くして破局を早めることくらい。でも、どうせ幸せになれないなら、いっそ早く終わってくれたほうが……。

「ああ、もうやめて」カサンドラは顔にかかった金髪を耳にかけながら自分を叱《しか》った。

「あれこれ思い悩んでもしかたがないでしょう?」

カサンドラはここ数週間というもの、ずっとこの調子だった。青い瞳を曇らせてため息をつく。カレンダーが六月に変わり、三週目の列に二人が出会って一年目の日が現れてからというもの、彼女はふさぎ込むことが多くなった。

ホアキンは、二人が出会った日を覚えているだろうか。一年目のその日がきたら、私も彼の過去の恋人たちと同じ運命を告げられるの？

これまで彼と一年以上続いた女性はいなかった。ホアキンは出会って一年がたつと、ときにはぴったり一年目のその日に恋人に別れを宣告し、何事もなかったように去っていくのだ。そして今週の終わりに、カサンドラは彼と出会って一年になる。

「ねえ、ホアキン、あなたは私のことをどう思っているの？」

ホアキンにとって私は、ただの愛人でしかないのだろうか。私も過去の恋人たちと同じように、もうすぐ見向きもされなくなる？

一階の玄関で鍵《かぎ》を開ける音がして、カサンドラははっと我に返った。考え込んでいたせいで、外に車が止まる音に気づかなかったのだ。こんなに早く帰るとは思わなかったから、彼を迎える心の用意ができていない。なんとか気持ちを切り替えて、迎えに出なければ。

「カサンドラ！」

階下《した》からホアキンの声が聞こえた。かすかなスペインなまりがあるその声は、彼のものに違いない。カサンドラは、彼の声にいつもと違った様子はないかと耳を澄ませた。どこかに冷たく突き放すような響きはないだろうか。悪いことが起こりそうなら、せめて心の準備ぐらいはしておきたい。

「カシー！」

よかった、いつもどおりだわ。ホアキンのしびれを切らしたような呼び方に、カサンドラは苦笑した。

〝カシー〟はカサンドラの愛称だ。しかしホアキンの場合、カサンドラが自分の思うとおりに動かずいらいらしたときに、わざと〝カシー〟のほうを使う。

カサンドラが大急ぎで戸口まで迎えに出てキスしなかったのがホアキンは気に入らないらしい。いつもなら彼女は喜んでそうするところだが、今日は気分がふさいで体が思うように動かなかった。

「カシー！　どこだい？」

「二階よ！」

ホアキンの声に操られるようにして、カサンドラは椅子から立ち上がった。彼の声にはどこか人を動かすようなところがある。彼のほうも、それを当然と思っている節があるから癪《しゃく》に障るのだが。

でも、それもしかたがないかもしれない。スペイン貴族でもあり、アルコラール・コーポレーションの会長でもあるファン・アルコラールの長男として生まれたホアキンは、幼いころから何不自由なく育てられ、人を思いのままに動かしてきた。そして、自分で一から手がけたワイナリーの経営を成功させて資産を何倍にも増やし、社会的な地位をさらに高めた今、ホアキンはますます権威ある存在となっている。

誰の助けも借りず、家族にさえ頼らずに我が道を行くことを選んだホアキンを、人は一匹狼《エル・ロボ》と呼んだ。これをもじって変わり者《エル・ロコ》と呼ぶ者もいる。そうでなければ誰が、メディア王の跡継ぎの座を蹴《け》って自分で事業を始めたりするだろう。

「今行くわ」

カサンドラは、常におとなしくホアキンに従っているわけではなかった。彼がちょっと命令口調になると、わざと彼の神経を逆なでするような発言をしてみたりもした。そんなことをして許されるのは、ホアキンの妹のメルセデスとカサンドラだけだ。

いつもならカサンドラは、人が自分の言うことをきくのは当然といわんばかりのホアキンの傲慢《ごうまん》な態度には、戒めのためにも挑戦的な態度で応じていた。しかし、今日はとてもそんな気にはなれない。運命の日が近づいているし、ホアキンが何を考えているのかもよくわからなかったからだ。

「早かったのね。あと一時間は帰らないと思っていたわ」

ちっとも喜ばないんだな、とホアキンは思った。予定を変えて突然早く帰宅した理由も、そこにあった。このところカサンドラは変わってしまった。だが、理由がわからない。だから急に帰宅して無防備な状態の彼女を見てみようと思いついたのだ。そうすれば、彼女の心の内が少しはわかるのではないかと。

「会議が予定より早く終わったし、次のプロジェクトに向けて仕事も山積みだから、この機会に早く帰ることにしたんだ」

実は会議は終わるどころか話に集中することさえできず、突然中止を言い渡して走るようにして車に乗り込んだのだった。帰宅途中、何度かスピード違反をしたかもしれない。

「びっくりさせてすまない。何か僕に知られてはまずいことでもしていたのかな?」

「え? まさか。そんなはずないでしょう?」

カサンドラの声には妙な響きがあった。まるで隠し事でもしているかのようだ。

「帰りは七時ごろになるって聞いていたから」

「その予定だったんだ。早く帰って悪かったね」

「悪いなんて思ってないわ」

何かがおかしい。ここ数週間というもの、カサンドラはぴりぴりしていて、日ごとにわからなくなっていく。あんなに朗らかだった彼女が笑わなくなってしまったし、何をしても喜んでくれない。

いや、ベッドの中だけは例外だ、とホアキンは思った。彼女と交わす愛の行為の魅力は衰えるどころか増すばかりだ。ただ、優しく魅惑的な恋人だった彼女が、僕さえ驚くほど激しい情熱をぶつけてくるようになったのはどういうわけだろう。

二人のあいだにあった何かが、失われてしまった。そのために、僕たちの関係はどこか物足りないものになってしまった。

「ちっとも悪くないわ……驚いただけよ」

カサンドラは階段の上までやってきて、下に立つホアキンを見下ろした。彼はテラコッタのタイルが敷かれた玄関ホールに立ち、黒髪の頭をそらせて上を見上げている。

こんなに上から見下ろしてはどんな男性でも縮こまって見えるはずなのに、ホアキンはどこまでも堂々として男らしい。彼の姿を見たとたん、カサンドラは胸がどきどきしはじめるのを感じた。

後ろをやや長めに伸ばしたつややかな黒髪と、澄んだ黒い瞳。すべすべしたオリーブ色の肌は、ヘレス地方の強烈な日差しのもとで、濃い褐色に焼けている。ホアキンは先祖がアンダルシア系らしく、スペイン人にしては飛び抜けて背が高い。仕立てのいい淡いグレーのスーツと白いシャツ、銀色のシルクのネクタイという装いが、彼の広い肩や長くたくましい脚を、ますます魅力的に見せている。

もっともネクタイは今、ゆるめて首からぶら下がっている。ホアキンは最高級のビジネススーツをさっそうと着こなすが、それも必要があればのことで、堅苦しい鎧《よろい》は家に帰るなり脱ぎ捨てようとした。まずはテイラー仕立てのジャケット。次にネクタイをゆるめ、シャツのボタンを上から二つはずす。そうやってホアキンは、無敵のビジネスマンから、人生を愛する官能的な男性へと姿を変えるのだった。

「会議もすんだし、家で仕事をしたほうがはかどると思ってね」

「帰って仕事をするつもりだったの？」

ホアキンが仕事第一の人だということはわかっている。それでもカサンドラはやはり傷ついた。

「喜んでもらえると思ったんだが」

「うれしいわ」

いかにも口先だけの言葉だ、とホアキンは思った。帰宅直後から感じていた緊張した雰囲気が、時を刻むごとに強まっていく。カサンドラはいったいいつまで二階に突っ立っているつもりだろう。どうして下りてきて僕の腕に飛び込まないんだ？

それがホアキンの望みだった。ところが近ごろは、彼の望みとカサンドラの望みはまったく違ってきたように思う。以前の彼女は驚くほど奔放に身を投げ出してきたのに、最近は妙にかしこまってぎこちない態度をとるようになった。

「それがうれしい顔なら、がっかりした顔は想像もできないな。何か隠し事でもあるのか？　二階に浮気の相手を隠しているとか」

ホアキンは軽い冗談に聞こえるように言ったつもりだったが、ひそかな疑惑がにじみ出たのか、思ったより棘《とげ》のある言い方になった。

「変なことを言わないで」

カサンドラはいつの間にか階段の一番下の段に立ち、ホアキンの目を見下ろしていた。二人の視線が交わった瞬間、ホアキンは彼女の青い瞳の奥にばつの悪そうな表情がかすめたような気がして、頭に血が上るのを感じた。

「私に浮気をする必要などないでしょう？」

「そのとおりだ。僕だけで手いっぱいだろう？」

そこでホアキンが差しのべた腕の中にカサンドラが入り、頬を寄せ合って一件落着のはずだった。

ところが彼女の真っ青な瞳が曇ってくるのを見て、ホアキンは彼女の肩をつかまえて問いつめたい気持ちになった。いったい何がいけない？　何が問題なんだ？

「ええ、浮気なんてしている暇はないわ」

カサンドラは、心のこもっていない形ばかりの笑みを浮かべ、首を傾けて彼の頬にさっとキスをした。

ああ、またあの笑顔だ、とホアキンは思った。あれは笑顔などではない。あの笑みを見ると、彼女の心が違う方向を向いているのがわかる。自分ではないどこかへ。

ホアキンはどうしようもなくいやな気分になった。

カサンドラはさっと最後の一段を下りて、ホアキンの脇《わき》をすり抜けるようにキッチンに向かった。

「コーヒーをいれようと思っていたところなの。あなたもどう？　それとも何か冷たいもののほうがいいかしら？　今日は本当に暑かったわね」

「今も涼しくなる様子はないね」

まったく、なんだって天気の話なんかしているんだ？　赤の他人か苦手な相手ならわかる。

だが、一緒に暮らしている恋人とする話じゃない。

「じゃあ、コーヒーはいらないのね」

「ああ」

そんなふうに僕から逃げるんじゃない。なぜ目をそらすんだ。顔も見ず、背を向けて尋ねるのは、僕と話したくないからか？

「やめてくれ」

ホアキンは足早にカサンドラに追いつくと、彼女の両腕をがっしりつかみ自分のほうへ向き直らせた。

「ホアキン！」

青緑色のサンドレスから伸びたむき出しの腕をぎゅっとつかまれて、カサンドラは悲鳴をあげた。ホアキンはそれさえ気づかずに、黒い瞳をぎらぎら光らせて彼女の顔を一心に見つめた。

「やめてくれ」ホアキンはもう一度言ったが、自分でも何をやめてほしいのかわからなかった。とにかく、こんな気持ちにさせられるのがいやだった。

ホアキンがこんな気持ちになるのは、カサンドラといるときだけだ。カサンドラといると、これまで感じたことのなかった不可解な感情に襲われる。

昔のほうがずっとよかった、とホアキンは思った。順風満帆の人生を手中にしていたのに、今では自分が何を求めているのかもわからない。まるで、舵《かじ》のない船で漂流しているようだ。たった一人の女にこれほど振り回されるとは情けない。

「わかってるわ。コーヒーはいらないんでしょう？　どうしたの？　今日のあなたは少し変よ」

「何もない……なんでもないんだ」

「それなら凶暴な熊《くま》みたいな態度を改めてちょうだい。あなたはいらないかもしれないけど、私はコーヒーが飲みたいんだから」

カサンドラは腕にしっかり回された褐色の指をちらりと見てから、ホアキンの顔をにらみつけた。ホアキンは非難の目を向けられてはっとし、あわてて手を離すと後ろへ一歩下がった。

「すまない《ペルドン》」

「いいの」カサンドラはまた形だけの笑みを一瞬浮かべたが、思い直したように突然表情を変えた。「いいえ、ちっともよくないわ。私に乱暴するなんて、どういうつもりなの？」

「乱暴？」怒りのあまりホアキンの発音は不明瞭《ふめいりよう》になった。「あれが？　君こそどうしたんだ、カシー？　僕にさわられるのがいやになったのか？」

ホアキンは思わずかっとして言い返した。そのときカサンドラの青い瞳に警戒するような表情が浮かんだのを彼は見逃さなかった。

「あんなさわられ方が好きなわけないわ」

「痛かったのかい？　それなら悪かった」

「痛くはなかったわ。少なくとも腕のほうはね」

真っ青な瞳に怒りの炎を浮かべ、頭をきっとそらすカサンドラを見て、ホアキンは不意に体が熱くなるのを感じた。

突然、カサンドラに触れたくてたまらなくなった。彼女が責めたような乱暴な触れ方ではなく、腕に優しく抱き、彼女の瞳から非難の炎が消えるまでキスをしたかった。

「でも、何回謝っても許してあげないわ。私をあんなふうに扱うなんて、許されないことよ」

「僕が君をどんなふうに扱ったっていうんだい？　カサンドラ、君の言っていることはめちゃくちゃだよ。いったい何がいけないんだ?」

「あなたがいけないのよ!」

言ってから、カサンドラはしまったと思った。これ以上何かほのめかしでもしたら、すべてを打ち明けるはめになるかもしれない。二人が出会ってそろそろ一年になることは、ホアキンが切り出すまで自分からは一言も言うまいと決めているのに。

「その手を離して」

ホアキンはゆっくりと、しかし断固として、首を横に振った。

「それは無理だ。君のそばにいて、触れずにいるなんてできない。今みたいに君が支離滅裂なことを言っているときでさえ、君に触れたくて指がうずうずしているんだ」

ホアキンは指をカサンドラのうなじにかけて手のひらで喉を包み、親指で円を描くようにして頬をさすった。

肌の上をさまようホアキンのたくましい指は、カサンドラの体中の血を熱くさせた。

「それからこの腕に抱く」

もう片方の手が首の横側を伝い頬に向かって進むにつれ、全身の神経が目覚めてカサンドラの体はぞくぞくした。ふと気がつくと、カサンドラの頬はホアキンの手に包まれていた。体がゆっくり彼のほうに傾いていく。

「そしてキスをする」カサンドラは唇に、ホアキンの熱い吐息を感じた。

だめよ！　カサンドラは心の内で抵抗の叫び声をあげた。彼のいつもの手に乗ってしまってはだめ。こうやって情熱の炎をかき立てて真剣な話を避けるのは、彼お得意のやり方なのだ。だから私たちは二人の将来について語り合ったことがない。もっとも、話すことなど何もないのかもしれないけれど。

「ああ、カサンドラ。君の魅力にはとても抵抗できないよ」

カサンドラも同じだった。どうがんばっても、抵抗する気がどんどん失われていく。

こんなキスができるのは、ホアキンだけだ。どこまでも甘く、どこまでも優しい誘惑のキス。カサンドラの頭の中はだんだん真っ白になっていき、夢の世界で漂っているような不思議な感覚に包まれた。

「ホアキン……」

ホアキンの唇がそっと離れると、カサンドラは彼の名をささやいた。

「どうだい、僕の美しい人《ミ・ベレーザ》？　こんなさわり方でもだめかい？」

顔は見えないが、ホアキンの声には満足そうな響きがあった。彼は腕をカサンドラの肩に回し、自分のほうへそっと引き寄せた。

「この抱き方は？　乱暴かな？」

「い、いいえ」

「手を放そうか？」

「だめ！」ホアキンが腕を引こうとするのを感じて、カサンドラは思わず声をあげた。「乱暴じゃないわ」

少し腕の力がゆるんだだけなのにカサンドラは、とてつもなく大事な何かを失ってしまうような気がした。命と引きかえにしても手放したくない何かを。

同時に、意識の遠くかなたでは〝だめよ、やめなさい〟と失われかけた理性が必死で訴えている。

まるで自分の中に違う人間が二人いるみたいだ。一方のカサンドラは、ホアキンの甘い誘惑に今にも身を投げ出そうとしている。ところがもう一方のカサンドラは、どうしてあっけなく彼の言いなりになるの、なぜ抵抗さえしないのと問いつめる。

答えは簡単だった。抵抗などしたくないのだ。カサンドラもホアキンにキスをして、彼をこの手に抱き締めたかった。たった一回キスされて、ちょっと抱き締められただけなのに、こんなに狂おしく彼を求めてしまう。今すぐ彼の腕に飛び込んで、あのたくましい体に抱かれたい。

「そう、乱暴なんかじゃない」ホアキンは唇をカサンドラの喉元にあてて、肩から顎へとすべらせた。これまで、キスにこれだけのバリエーションがあることを、カサンドラは知らずにいた。

甘くとろけるようなキスかと思えば、首筋を責め立てるような激しいキスに変わる。泣き出したくなるほどじらされたかと思うと、喉元を軽くかまれてはっとさせられる。

「乱暴なんかするものか」ホアキンの息が首筋にかかる。「僕の女にふさわしい扱いをしてあげよう。僕の女として最高の思いを」

僕の女。

カサンドラは横っ面を殴られた気がした。彼女は熱い夢の世界から現実へと戻った。

僕の女。カサンドラを自分のものにすることに満足を覚えているような言い方だ。いかにもホアキンらしい。

「だからミ・ベレーザ、この先はもっと居心地のいい場所で続けないか？」

ミ・ベレーザ。僕の女。

ホアキンにとっては所有し、支配し、権力を振りかざすことが何より大切なのだ。彼は過酷なほど自分に厳しい人だった。何もかもが彼の思いどおりでなければならず、彼がよしと言わなければ何一つ先に進まない。

ホアキンはこのやり方でビジネス界をのし上がり、勝者として君臨するに至った。

物事は常に、彼のルールで進められた。

カサンドラも彼のルールのもとに受け入れられて、一緒に住むようになった。出ていくときも、彼のルールに従うことが要求されるのだろうか。ホアキンはきっと、自分が終わりだと告げたら、カサンドラ自身がどう考えていようとも出ていくべきだと思っているのだろう。

「ダーリン」カサンドラの変化に気づいて、ホアキンが尋ねた。「どうかしたのかい？」

カサンドラは返事をしようと口を開きかけたが、喉が干上がったようになって声が出なかった。やっとのことで咳払《せきばら》いをしてから言った。

「仕事があるんでしょう？　それに、私はコーヒーが飲みたいの。喉がからからなのよ」

少なくとも彼女の声は、その言葉が嘘《うそ》とは思えないほど低くしわがれていた。喉に砂をどっさりそそぎ込まれたみたいな気がして、乾き切った唇を舌でうるおした。それをホアキンが鷹《たか》のように鋭い目でじっと追う。

ホアキンは黙ったままだが、怒りを抑えているのが手に取るようにわかる。彼は怒りのあまり逆上するような男ではない。逆に、怒れば怒るほど氷のように冷たくなり、冬の嵐《あらし》のごとく情け容赦なくなる。突然の沈黙は、嵐の前触れのようなものだった。

「喉が渇いただって？」

「ええ」カサンドラは視線をそらせたまま小さくうなずいた。声は冷静でも、ホアキンの瞳は怒りに煮えたぎっているはずだ。その目を正面から見るようなことは、とてもできなかった。

「冗談だろう？」

ホアキンは唖然《あぜん》とした様子だった。カサンドラに拒まれたのが信じられないのだろう。

カサンドラが彼の魅力に動じないわけがないのだから、面倒なことを言い出したら、誘惑してごまかせばいいと思っていたに違いない。自分さえその気になれば、彼女はいつでもしっぽを振ってついてくるのだと。

「どうして冗談を言う必要があるの？」

カサンドラはできるだけさりげない口調を装ったが、厳しい表情で立ちつくすホアキンを前に、内心は穏やかどころではなかった。

「カシー――」鋭い刃《やいば》を思わせる声にびくっとしたそのとき、背後のドアで鍵を回す音がした。

扉がゆっくり開き、横の壁にぶつかってどしんと不吉な音をたてる。やがて、いまだ焼けつくような日差しを背に、ホアキン同様にがっしりした体格の長身の男性が現れた。

「カシー？」

スペイン風のアクセントもホアキンにそっくりだ。だがホアキンの厳しい口調とはまったく違った陽気で温かい声を聞いて、カサンドラはほっとするあまり目を輝かせた。

「ラモン！　いらっしゃい！」

「ラモンか」ホアキンの口調に、異母弟の訪問を喜ぶ様子はなかった。「どうしたんだ？なぜお前が家の鍵を持っている？」

「お言葉に甘えて寄らせてもらったよ。鍵は、外で待たせては悪いからといってカシーが貸してくれたんだ。じゃ、返すよ」

ラモンが投げてよこした鍵束を受け止めながら、カサンドラはホアキンがふくれっ面をしているのを横目でとらえて内心おかしく思った。

ホアキンは弟の訪問をまったく喜んでいない。もしかしたらやきもちを焼いているのだろうか。

それなら少しは望みがあるのでは？　彼の本心を知るために、カサンドラはもう一押ししてみようと決めた。

カサンドラは両腕を広げてラモンに歩み寄り、ぎゅっと抱き締めて両頰にキスをした。

「さあ、入ってちょうだい。何か飲む？　ちょうどコーヒーをいれようと思っていたところなのよ」

ラモンの腕を取ってキッチンに向かいながらホアキンのほうをちらりと見ると、彼はカサンドラが見たいと思っていたとおりの顔をしていた。カサンドラは急に明るい気分になった。

2

ラモンのやつめ！

ホアキンはガラス窓の枠をこぶしでたたきながら、外に広がる美しい庭をにらみつけた。テラスの先でプールの水が、夕方のやわらかい日差しを浴びてきらめいている。

なぜラモンは、肝心なときに突然現れるんだ？ しかも自分の家のように上がり込み、カサンドラと楽しそうに笑い合ったりして。

早く帰ってしまおうと思っていた計画が、やっと実現しそうになっていたのに。近ごろよそよそしくて冷たい態度をとるようになったカサンドラを、情熱の力で生き返らせようと思っていたのだ。これまで二人は、何か行き違いがあってもベッドに行きさえすればすべて水に流すことができた。今度ももう少しでそうなるはずだった。

ところが肝心なときにラモンが現れて、ムードをぶちこわしにした。カサンドラとラモンがコーヒーを飲みながら楽しそうに話しているのを見ていると、ホアキンはいらいらして頭が変になりそうだった。

どうもラモンには一番都合の悪いときに突然現れる癖があるようだ。父の家にもそうやって予告もなしに現れた。父と実子の僕が最悪の関係にあったとき、ふってわいたように現れて、腹違いの弟だと宣言したのだ。父がよそで作った子はラモンだけじゃない。アレックスもそうだ。だが、父はラモンをとくにかわいがった。父がラモンに与えなかったのは、長男という肩書きくらいだ。

「いい加減にしろ！」ホアキンは口に出して言い、自らを戒めた。ラモンだって愛人の子として生まれたかったわけじゃない。すべては、女と見れば手を出さずにいられない父のせいだ。それにラモンは弟なのだ。ホアキンたち三人を見れば、同じ父親から生まれたことは誰の目にも明らかだ。

今日、ホアキンとカサンドラが険悪なムードだったところにやってきたのもラモンのせいじゃない。二人の関係は、どのみちこのところぎくしゃくしていた。

最初のころはこんなではなかったのに。

二人が出会ったころのことを思い出すと、ホアキンの表情は自然とゆるみ、笑みがこぼれた。

あのころは、何もかもが驚きだった。二人は嵐《あらし》のような欲望と情熱にとらえられ、片時も触れ合わずにいられなかった。歯止めがきかなくなることを恐れて、外ではキス一つできないありさまだった。家ではいつもベッドにいた。最初の六カ月というもの、ときどき食事に出る以外は、寝室を出た記憶がないくらいだ。

だが、それも今ではすっかり変わってしまった。

ベッドの中の彼女は、あいかわらず……いや、以前に増してすばらしい。ところがベッドの外では、何を考えているのかちっともわからないのだ。

そのとき窓越しに人影が見え、ホアキンの物思いを破った。

「カサンドラ！」

ホアキンはこの暑さをシャワーでやわらげようと思っていたが、カサンドラはプールで泳ぐことにしたらしい。ホアキンの目は、プールへの小道を歩いていく長身のすらりとした肢体に釘《くぎ》づけになった。長いブロンドの髪をポニーテールにして、背中と腰の横を細いひもで結んだピンク色の小さなビキニを着ている。

「きれいだ《ベラ》」

ホアキンは思わずつぶやいた。いくらカサンドラがきれいでも、一年もたてば色あせて見えると思っていた。ところが今でも彼女の美しさには圧倒させられる。

寝室ではもっと露出度の高いランジェリー姿をいくらでも見ているのに、ビキニ姿にこれほど悩まされるとは思わなかった。カサンドラのふっくらした胸とヒップを包み込むピンクの布地がうらめしい。

あのなめらかな肌に触れるところを想像しただけで、ホアキンの体は熱くなり、口の中が乾いた。すらりと長い脚からほっそりした腰へと手をすべらせて、形のいいやわらかい胸を手に包めたら……。

ホアキンの体はすでに欲望ではち切れそうだった。カサンドラはプールの縁に立ち、両手を上に伸ばした。美しい胸の線が浮き彫りになる。その姿はホアキンに、甘美な苦痛をもたらした。終わってほしいと思う半面、このまま彼女の姿を拝んでいたい気もする。

そんなことを考えていると、カサンドラはプールの端からひんやりした水の中へするりと消えた。

彼女がふたたび浮かび上がるのも待たずに、ホアキンは首にかけていたタオルをかなぐり捨てて、階段を駆け下りて外に出た。彼はテラスの先のプールに向かって走った。

ホアキンがプールの縁に立ったとき、カサンドラの輝くブロンドの髪が水面から浮かび上がった。彼女は頭を一振りしてから、平泳ぎでのんびり向こう側へ進みはじめた。

カサンドラはまだホアキンがいることに気づいていないらしい。だがすぐに気づくだろう。ホアキンは水際でぼんやり待っているつもりなどなかった。

ホアキンはあっという間にプールに飛び込んで、クロールで彼女のあとを追った。

カサンドラは水しぶきの音に振り返り、ホアキンが力強い腕で水をかき分けて向かってくるのを見て驚いた。ショックが疑問に変わり、不安が頭をよぎる。彼はなぜここに？　どうして追いかけてくるの？　何を考えているの？

だが習慣とは恐ろしいもので、すぐにいつもの競争心がむくむくとわいてきた。ホアキンとはよくプールで競争をしていたのだ。

「受けて立つわ」カサンドラはいったん水に潜り、勢いよく底を蹴《け》ってから、水色の壁をめがけて泳ぎ出した。

最初はカサンドラがかなりリードしていたが、ちらっと振り返ると、ホアキンが猛スピードで追い上げてくる。カサンドラは負けじと懸命に水を蹴った。

もうすぐゴールというときになって、ホアキンの日焼けした腕が横に並んだ。彼は振り向いてオリーブ色の肌に白い歯をのぞかせてにやりと笑った。そして最後にぐんとスピードを上げ、カサンドラを楽々追い越してプールの壁にタッチした。

「わかったわ、あなたの勝ちよ」

どういうわけか、これまでのぎこちない雰囲気は消えうせていた。浅い場所に立って呼吸を整えながら顔や髪の水を払うカサンドラを、ホアキンはプールの壁にもたれてのんびり眺めている。彼はまた、白い歯を見せてにやりと笑った。

「そんなにいばらないの！」

そうは言っても、たしかに完敗だった。カサンドラはまだ息を切らしているというのに、ホアキンの胸はいつもと少しも変わらずゆっくり上下している。その広くたくましい胸の上で小さな水滴が陽光を浴びてきらりと光り、平たい腹部に向けてすべり下りていくのを見て、カサンドラはどきっとした。

ホアキンは笑いながら目くばせをした。「いばるつもりはないが、僕の勝利に違いはない。これで一つ貸しができたね」

とたんにカサンドラは、みぞおちをぐっと締めつけられるような不安に襲われた。彼の言いたいことはわかっているから、とぼけても無駄だ。彼はカサンドラの泳ぎの腕前を知ると、すぐに勝負を持ちかけた。そして〝ただ競争するだけじゃおもしろくないから、負けたほうは、勝ったほうの願いを一つ叶《かな》えることにしよう〟と言い出したのだ。

「でも今回は、ちゃんと勝負したわけじゃないわ」

「この前、君がずるして勝ったときにも、僕は君の言うとおりにしたぞ」

ホアキンは、そのときカサンドラがした願い事を思い出させるように、目をきらりと光らせた。

カサンドラは頭の先からつま先まで赤くなった。カサンドラが彼に頼んだのは、日が落ちて真っ暗なプールの中で愛を交わすことだった。ホアキンは荒々しいほどの情熱で彼女の願いを叶えてくれた。

もう一カ月以上前のことだ。正確には五週間前。一緒に泳いだのもあれが最後だ。それからというものホアキンは多忙を極め、のんびり過ごすことも、カサンドラのために時間を割いてくれることもなくなった。ずいぶん変わってしまったものだ。無言のうちに二人のあいだに入った小さな亀裂《きれつ》がどんどん広がり、気づいたときには深い溝に変わっていた。その一因が自分にあることを、カサンドラは十分わかっていた。隠し事のできない性分のせいで、ぎこちない態度をとったり考え込んだりしてしまうから二人の距離が広がってしまうのだ。わかっていながら何もできない自分がもどかしかった。

「それで、何がお望みなの？」

「キスを一つ。それだけでいいんだ。叶えてもらえないだろうか」

キス一つで終わるわけがない、とカサンドラは思った。キスは抱擁へ、そしてベッドへとつながっていくに違いない。それでもいいの？

いけないかしら？

全速力で泳いだためカサンドラの気分は高揚していた。顔に暖かい日の光を浴び、腰にひんやりしたプールの水が打ちつけるのを感じていると、堅苦しいことを考える気などうせてしまう。しかも、すぐ隣にはホアキンの引き締まった褐色の体がある。水に濡《ぬ》れたたくましい胸。彫りの深い顔は日を浴びてブロンズ色に輝き、澄んだ漆黒の瞳と険しい頬骨のラインがますます際だって見えた。

期待と緊張と彼の圧倒的な魅力に押しつぶされそうになって、カサンドラはくらくらした。

体の奥から突き上げた欲望が、カサンドラをがっしりととらえる。

カサンドラはかすかに震える手をホアキンの肩に置き、真っすぐな肩の線から力強い腕へと手を伝わせてから、胸の筋肉を指先でたどった。

「カサンドラ……」ホアキンはぶるっと身震いして、かすれた声でささやいた。「キスはまだかい？」

カサンドラはその言葉に引き寄せられるように、ホアキンの頬にそっと唇をつけた。少しざらついた男性的な肌を唇に感じてため息をつく。彼の男らしいにおいがカサンドラの鼻をくすぐった。

「そんなのはキスじゃない。これだけでは僕の願いが叶ったとは言えないな」

ぼんやりホアキンを見上げると、彼はほほえんでいた。カサンドラの表情に手応《てごた》えを感じたらしい。

「そう？　じゃあ、もう一度やってみるわ」

「頼むよ」

「これはどう？」

カサンドラは唐突に唇を重ねた。ホアキンの唇の上をじらすようにさまよわせてから、彼の口に舌を入れて内側のやわらかい皮膚を探った。ホアキンははっとしたように声をあげ、自らも唇を開いてどんどんキスを深めていった。

「ああ、いいね。こんなキスが欲しかった」ホアキンは重ねた唇のあいだからつぶやき、カサンドラのほっそりした腰を抱いて引き寄せた。あまりの勢いにカサンドラの足はプールの底を離れ、冷たい水とともにホアキンのほうへ押し流された。

ホアキンはカサンドラの腰を自分の腰に押しつけてぎゅっと抱き締めた。彼の体は水の中でさえ炎のように燃え上がり、欲望にはち切れんばかりだ。

「セニョール・アルコラール！」カサンドラは息をのんだ。「あなた……水着を着ていないわ！」

「そのとおり」ホアキンは悪びれる様子もなく言い、カサンドラの肩に熱いキスを浴びせた。そしてカサンドラの腰に手を添えて向き直り、自身の両脚のあいだに彼女の体をはさみ込むようにして抱いた。

「あなた、裸だし、すっかり興奮して……」

「たしかにそうだ。でも」ホアキンはにやりと笑い、カサンドラの腰からピンクのビキニを取り去って高々と宙に掲げた。「君だってそうじゃないか？」

ホアキンが背後に投げたちっぽけな布は、プールサイドの水色のタイルの上にぽとりと落ちた。

「ホアキン！」

カサンドラは思わず憤慨とも笑い声ともつかない声をあげたが、ホアキンは気にも留めず欲望に猛《たけ》り狂う体をさらに押しつけて、荒々しいほどの勢いでカサンドラの唇を奪った。

彼の唇は、同時にカサンドラから言葉を奪い、考える力も失わせた。ホアキンはふたたび指を巧みに動かし、ビキニのトップも取り去って水面に流した。

「これで君も裸だし、すっかり興奮している。そうじゃないか?」ホアキンは額を合わせてカサンドラの目をじっとのぞき込んだ。尋ねなくても彼は答えがわかっているはずだ。

何しろカサンドラの心臓はどきどき音をたて、息は乱れ、喉元で脈が激しく打っていた。水着が取り払われた今、体はさらなる刺激を求めてもがいている。カサンドラは自ら進んでホアキンに体をすり寄せた。

濡れてひんやりしたホアキンの手が両胸を包み、そそり立つ頂を優しくもてあそびはじめると、カサンドラはいても立ってもいられなくなった。

「あなたはどう思う?」

カサンドラはホアキンの耳元でささやき、耳たぶをそっとかんだ。ホアキンのたくましい体が、びくっと反応するのがわかる。

「おそらく僕の思っているとおりだ。それに……」ホアキンの巧みな指がふたたび水中に戻り、彼女の腹部から脚のあいだに向かってすべり下りていく。

「ホアキン!」カサンドラは思わず叫ぶと同時に、激しい欲望がわき起こるのを感じた。

「お願い……」

「ちゃんと言って」ホアキンはセクシーな唇を少しゆがめて、いたずらっぽく笑った。

「ホアキン……」カサンドラはこらえ切れずにうめき声をあげた。彼の指が秘められた場所を探りあて小さなつぼみにたどりつくと、爆薬に火をつけるような衝撃に襲われた。

「言ってくれ、カサンドラ。君の口から聞かせてくれ」ホアキンはかすれた声で繰り返した。カサンドラが何を望んでいるかは明らかなはずなのに、どうしても言わせたいらしい。

「あなたが……欲しいの。あなたが欲しい」

いったん口に出してしまうと、もう抑えることはできなかった。カサンドラは突き上げる思いに押されて呪文《じゅもん》のように何度もつぶやいた。

「あなたが欲しい」カサンドラは無我夢中でホアキンにしがみついた。彼の肩にあてた歯が褐色の肌にあたってこすれる。

ホアキンは軽く舌を鳴らし、高まりすぎた気持ちを必死で抑え込もうとしている様子だった。

「ねえ、お願い。早くして、ホアキン。あなたが必要なの」

「ああ、僕もだ」

その言葉は降伏の言葉でもあった。ホアキンはたがはずれたように瞳をぎらぎら燃え立たせると、激しい欲望に顔をこわばらせて、カサンドラを腕にすくい上げた。そして抱きかかえたままプールのステップを上り、体から水をしたたらせながらプールサイドのデッキチェアまで行って、緑と白のストライプのクッションの上に彼女を横たわらせた。

「さて……」

ポニーテールのブロンドの髪を乱して横たわるカサンドラを見て、彼女こそ探し求めていた女性なのだとホアキンは確信した。

情熱に身を焦がし、我を忘れる彼女こそ、つき合う価値のある女だ。ほかのことでどれだけ気を揉《も》まされても、これだけで一緒にいてよかったと思えてくる。どんな疑念も不信も、情熱の絆《きずな》が吹き飛ばしてくれるのだ。

ホアキンは椅子の横にひざまずき、すらりと伸びた美しい脚を持ち上げて親指にキスをした。

「ホアキン……私たち庭にいるのよ」

「隣の家さえ何キロも離れてるじゃないか」ホアキンはそっとつぶやいて、全部の指にキスをしていった。「見ている人なんかいやしない。君だって、この前はちっとも気にしなかったぞ」

「だってあのときはプールの中で――」

ホアキンが足の親指を口に含んで舌でもてあそびはじめたので、カサンドラはあっと声をあげて体をのけぞらせた。

「ここなら寝室と同じくらい安全だ」そう言ってホアキンは、親指から足首へとキスを走らせた。「だから安心して快感に酔いしれるといい」

だが、カサンドラの足首から腿へと唇を這《は》わせていき、腿の内側のやわらかい皮膚に達すると、酔いしれているのは自分のほうかもしれないとホアキンは思った。激しい情熱をぶつけ合い、本能的な衝動を満たすことしか考えられないときもあれば、ゆっくりと官能の時間を味わい、快楽を高めていくことに喜びを感じるときもある。

今はゆっくり堪能《たんのう》するときだ。カサンドラのやわらかい肌の感触を、とことん味わいたい。

ところがホアキンが腿のつけ根に唇を寄せたとたん、カサンドラは大きくうめき、彼を引っぱり上げるようにして体を重ねて唇をむさぼった。

「いとしい人《ケリーダ》」ホアキンは重なり合った唇のあいだからつぶやいた。こうなってはもう、ゆっくり愛を交わすことなど不可能だ。「カサンドラ、君はすべての男にとって理想の女性だ」

ホアキンは褐色のたくましい脚で彼女のすらりとした白い脚を押し開き、体を密着させた。

「ホアキン……」

ホアキンはカサンドラの瞳に生々しいほどの欲情を見た。彼が一番見たかった顔だ。カサンドラは正面からぶつかってくるどころか、ホアキンでさえついていくのがやっとの激しい情熱をぶつけてくる。こんな恋人は初めてだった。男なら誰しも夢に描くような体で満ち足りた思いをさせてくれるというのに、何回自分のものにしても、また求めてしまう。

カサンドラは我を忘れてしがみついてくる。厚い胸にやわらかい胸を押しつけられ、ホアキンはますます欲望をかき立てられた。

ホアキンが首から喉にかけてついばむようにキスすると、カサンドラは体をのけぞらせて小さな声をあげた。ホアキンはすかさずあらわになった胸の先端を口に含んだ。カサンドラは体を弓なりにして全身で喜びを表した。

ホアキンはばら色のつぼみを、歯が肌をこするのを感じるほど強く吸った。カサンドラはたまらなくなって訴えた。

「お願い、ホアキン……」カサンドラの体が彼を迎え入れるように大きく開く。

ホアキンは無我夢中でカサンドラの中に一気に突き進み、官能の世界に身を沈めた。思考は完全に止まり、純粋な肉体の喜びに埋没していく。猛り狂う情熱の炎が頭の中で爆発し、さらなる快楽へと駆り立てる。

カサンドラも同じリズムでぴったりついてきた。ともに一年を過ごし、二人の体は完全に波長が合っている。二人は互いの感じやすい場所を知りつくし、互いの喜びを高めるためにその知識を惜しみなく使った。裸体に太陽のやわらかい光が躍り、あたりは夕刻の木々のにおいや鳥のさえずりに満ちている。それがいっそう刺激的だった。

二人は完全に一つになり、太古からのリズムに身をまかせた。もっと速く、もっと激しく、もっと高みへ……。そしてとうとう頂点に達し、閃光《せんこう》を放つようなエクスタシーを迎えた。二人は一緒に恍惚《こうこつ》の世界に落ちていった。

やがてだんだん呼吸が落ち着いてくると、ホアキンはカサンドラの首に顔をうずめてキスをした。

「カサンドラ、さすがは僕の女だ」ホアキンは歓喜の余韻に浸った。「僕たちがこんなに長く続いているのは、これがあるからなんだ」

乾きかけたカサンドラの髪に唇をつけて、深々とため息をついた。

「君は僕のものだ」

激しい行為のあとの心地よい疲労感にどっぷりつかりながら、結局、私もこれで十分なのかもしれないとカサンドラは思った。

3

その夜カサンドラは、一晩中心地よい幻想を抱いて過ごした。実のところ、ほかのことを考えている暇などなかった。

まだ息も整わず、ほてった体も冷めないうちに、ホアキンはカサンドラを抱きかかえて家の中へ運んだ。

〝ホアキン……〟カサンドラは弱々しく抵抗したが、彼は気にする様子もなく玄関ホールのタイルを素足で横切り、階段を上って寝室に入った。カサンドラをそっとベッドに横たえて、自分も隣に横になると、熱烈なキスを浴びせはじめた。

カサンドラはとたんに抵抗する気が萎《な》えてしまった。口を開く気力も残っていない。今夜だけは心配事に気を揉《も》むのはよそう。明日のことも将来のことも考えず、ホアキンが与えてくれる喜びを心ゆくまで味わい、それ以上のことを求めるのはよそう。

だがホアキンは、それ以上何も望む必要がないほどすばらしかった。彼は何かスペイン語で賞賛の言葉をつぶやきながら、唇をカサンドラの喉元から肩へとすべらせて、ついさっき刺激されて痛いほど敏感になっている胸の先端を口に含んだ。電流が走るように、彼女の全身に欲望が駆けめぐりはじめた。

〝ホアキン……〟カサンドラはふたたび彼の名前をつぶやいた。今度のそれは、狂おしく彼を求める声だった。

そしてまた、二人は愛を交わした。

時を忘れて互いをむさぼり、荒々しい情熱の嵐《あらし》が静まりかけたころ、カサンドラはホアキンがいないことに気づいた。そういえば彼は一階に下りていったが、どのくらい前のことだろう。

まもなくホアキンはトレーを手に戻ってきた。皿の上にはパンとチーズ、新鮮なフルーツ。彼のワイナリーで造られた最高級のワインとクリスタルのグラスものっている。

ホアキンはパンやチーズを小さくちぎってカサンドラの口に運んだ。彼女は母親に食べさせてもらう小さな子供のように、甘いぶどうや、もぎたてのアプリコットを与えられるまま口にした。ホアキンがワインのグラスを口元で傾けて、カサンドラがそれをすすると、彼は唇についた濃厚な赤い液体をキスでぬぐい去った。ホアキンのそんな優しい仕草に、カサンドラは胸が熱くなった。

簡単な食事が終わると、ホアキンはトレーを片づけて、カサンドラの手を取ってバスルームに導いた。二人でシャワーを浴び、体についたパンくずや胸にしたたり落ちた果汁をホアキンが手で洗い流した。その行為はふたたび愛の営みへと結びついていった。今度はお互いを堪能《たんのう》しつくすようにゆっくり始まり、すべてを忘れて指先やキスがもたらす感覚に浸った。やがて二人の発する熱が炎となり、高みを極めてクライマックスに達すると、ホアキンでさえ最後の力を使い果たしたようにぐったりしてしまい、二人ともベッドに倒れ込んで朝まで昏倒《こんとう》したように眠った。

今考えると、ゆうべはほとんど話をしなかったことにカサンドラは気づいた。言葉など必要なかった。体が、手が、唇が、互いの思いを語っていたのだから。

だが、今朝はもうそういうわけにはいかない。こうなったからには、はっきりさせよう。ホアキンにききたいこと、彼と話し合いたいことが山積みになっている。これ以上うやむやにしておけない。

ところがホアキンはすでにベッドを出ていた。もしかしたらバスルームにいるかもしれないと思ってのぞいてみたが、彼の姿はない。すでに湯気もなく、しんと静まり返っているのに、バスルームからは激しい愛の余韻が漂ってくる。情熱的なクライマックスがこだまのように響いてくるような気がして、カサンドラはあわてて寝室に戻った。

そのとき寝室の扉が静かに開いてホアキンが入ってきたので、カサンドラはびくっとして立ち止まった。

「カサンドラ」ホアキンも驚いた様子だった。「まだ寝ていると思ったよ」

「寝ていたほうがよかったみたいね」言ってしまってすぐに、カサンドラはしまったと思った。彼の服装を見て、愚痴が口をついて出てしまったのだ。

ホアキンは上品なスーツにぱりっとしたシャツを着て、ネクタイを締めている。そんなさっそうとした格好で行く場所は、オフィスしかない。

「起こすつもりじゃなかったんだ。今朝はゆっくり寝たかっただろう？　何しろゆうべは……」ホアキンはきらりと目を光らせてベッドに視線を向けてから、口の端を少しゆがめて笑った。

ホアキンの勝ち誇ったような笑顔にかっとして、カサンドラは愚かなことを口走った。

「お望みどおりになってよかったわね」

ホアキンは、さっと顔を上げた。「お互いに、だろう？」

「どっちだって同じよ」カサンドラは投げやりにつぶやいた。

カサンドラは自分でも、そんなことを言うのはフェアではないとわかっていた。だが良心の呵責《かしゃく》を感じるよりは、憤慨しているほうが気が楽だった。

ホアキンが一分のすきもない身なりをして男らしい魅力を発散しているのも癪《しゃく》に障った。仕事に出かける前のホアキンのさっそうとした姿には、いつもほれぼれしてしまう。白いシャツは浅黒いハンサムな顔をいっそう魅力的に見せるし、完璧《かんぺき》な仕立てのスーツは引き締まった力強い体の線を際だたせる。だがカサンドラにとっては、抑制のきいたスマートな装いとその下に封じ込められた猛々《たけだけ》しい情熱のギャップが、何よりたまらない魅力だった。

初めてホアキンに会ったときも、彼はそんなふうにクールで憎いほど冷静だった。カサンドラは当時、ワインの輸入をしているイギリスの商社に通訳として雇われていた。その会社とアルコラール・ワイナリーが大規模な事業契約を結ぼうとしていて、最終段階で意思の疎通に間違いがないようにと会社のほうから通訳の依頼があったのだ。アルコラール社の会議室で、社長、専務とともに巨大なマホガニーのテーブルの席について待っていると、ドアが開いてきびきびした足取りでホアキンが入ってきた。

その瞬間、世界が動きを止めた。まるで現実を根こそぎひっくり返された気がした。カサンドラは自分の目が信じられず、まばたきをしてからもう一度目をこらした。それ以来ずっと、ホアキンから目を離すことができなかった。まるで強力な磁石にちっぽけな針が吸いよせられるように、彼から離れられないのだ。

ホアキンも似たような状態だった。

ホアキンは紹介されると〝おはようございます、セニョリータ〟《ブエノス・ディアス》とうっとりするようなスペイン語で挨拶《あいさつ》してカサンドラの手を握った。カサンドラは手に電流が走るような衝撃を覚えた。視線がぶつかり、絡み合う。そのあとも二人は、ひたすら見つめ合っていたような気がする。

　だが実際には会議はスムーズに進み、商談もまとまった。まったく集中できず、うわの空の状態で、いったいどうやって通訳ができたのか自分でも不思議なくらいだ。どんな契約が成立したのかはまったく覚えていない。ただ、会議のあいだずっと、顔に穴があきそうなくらいホアキンに見つめられたことだけは忘れられない。通訳の言葉を聞き逃すまいとしているのかと思っていたが、あとになって、ホアキン・アルコラールは英語を母国語のように操るのだと知った。通訳など断って英語で商談を進めることもできたのだ。

「つまり、僕はいやがる君を無理やりベッドに連れ込んだのではないんだね？」

　ホアキンの問いただすような声に、カサンドラははっと我に返った。「え、ええ。もちろんよ」

　ホアキンはゆっくりうなずいた。しかし硬い表情は崩れなかった。「それはよかった。その気のない女性を力ずくでベッドに連れ込むのは、僕の主義に反するからね」

　そんな必要がないことくらい自分でもわかっているくせに、とカサンドラは思った。もしかしたら彼は、自慢の愛のテクニックにけちをつけられたと思ってむっとしているのでは？　大人になってからのホアキンは、美しく華やかな女性たちを次々に虜《とりこ》にしてきた。彼のベッドテクニックは、もはや伝説のように語られている。その評判を汚されてはたまらないと思ったのかもしれない。

「無理やりベッドに連れ込まれたとは思ってないわ」

「じゃあ、いったい何が問題なんだ？」

部屋に戻ったとたんに別人のようなカサンドラに遭遇し、ホアキンは戸惑っていた。本当は、今朝はもっと寝ていたかった。ベッドにとどまって彼女を腕に抱き、そっとキスして目覚めるのを待ちたかった。だが、どうしても片づけなければならない仕事がある。社会的な責任を放棄するわけにはいかない。だから、しかたなく起きてシャワーを浴びたのだ。

それから真っすぐオフィスに向かえば朝の涼しいうちに到着することができたものを、ホアキンは家を出る前にもう一度カサンドラの顔を見たくなって寝室に戻った。最後に見たときは、彼女は安心しきったような穏やかな寝顔をしていた。ところが今のカサンドラは、この数週間彼を悩ませ続けた女に逆戻りしている。ぴりぴりしていて、言葉に棘《とげ》があって、まったく理解できない。気分の移り変わりが激しいうえに、心ここにあらずといった様子なのだ。

「ゆうべが……よかったからといって、私が裸で横になったまま、ご主人様が戻ってくるのを心待ちにしているとでも思っていたの？」

「違うよ。けど、それも悪くはないな」別に彼女がベッドで待っていることを期待していたわけではないが、そうなったとしても悪い気はしない。それよりもホアキンは〝裸〟という言葉に反応した。

　カサンドラが何も身につけていないことは、もちろんわかっていた。これほど魅力的な体を前にして、気づかぬ男などいるはずがない。二人は普段でも一糸まとわぬ姿で過ごすことがあったし、そんなときはできるだけ意識しないように努めてきた。ところがゆうべのことがあったばかりで、裸で横になって待っている、と言われては、さすがのホアキンも思考を乱されずにはいられなかった。

「悪くない？」カサンドラは憤慨をあらわにした。「本気で期待していたんじゃないでしょうね？」

「だが実際君は寝室で僕を待っていたし、服も着ていないじゃないか」

　そのときのカサンドラの反応は、ホアキンにショックを与えた。

　カサンドラは自分が服を着ていないことに気づき、心底動揺したようだった。ぎょっとしたような顔をして、あわてて胸を手で隠している。彼女のこんな顔は、初めてベッドをともにしたときでさえ見たことがない。今までなかったことだ。いやな予感がする。

「ほら」ホアキンは手近にあった黒いバスローブをカサンドラにほうった。「これを着るといい」

　ローブを大急ぎで身にまとうカサンドラを見ながら、ローブを着てほっとするのは、彼女よりも僕のほうじゃないかとホアキンは思った。彼女が聞いたらいやがるだろうが、一糸まとわぬ姿の彼女を目前にしてその気にならない男などいるはずがない。ホアキンも男だ。本能的な欲求がこみ上げてくるのは避けようがなかった。だが、今の彼女に迫ったりしたら、それこそ大変なことになるとわかっていた。

だからカサンドラにはすぐにでも何か着てもらう必要があった。一番手近にあったのが黒いローブだったのだが、やわらかいコットンのローブをまとって腰にしっかりベルトを回す彼女を見ているうちに、これではたいした違いはなかったことに気づかされた。男物のローブはカサンドラには大きすぎた。丈は足首まで、袖《そで》は指の先まで届き、襟元が大きく開いて胸の谷間がのぞいている。だぶだぶのローブから伸びたほっそりした足首やきれいな首の線は、彼女をさらに女らしく、どこか頼りなげにさえ見せる。ますます男心をそそる姿だ。

そんなホアキンを制するように、カサンドラは彼をにらみつけてベルトをぎゅっと結び直した。

「やめてくれ！　どうして汚いものを見るような目で僕を見るんだ？」

きつい調子のホアキンの声に、カサンドラははっとしたように顔を上げた。ホアキンは、心と体がばらばらに反応している自分が腹立たしかった。一瞬、それを伝えようかとも思ったが、どう説明していいのかわからない。実は、自分でも何がそれほど腹立たしいのかよくわからないのだ。そんな漠然とした説明では、かえって彼女の感情を逆なでしそうだ。

「そんなこと思っていないわ」

「じゃあ、何を思っていたんだ、ケ、ケ、ケリーダ？」ホアキンは〝いとしい人〟という言葉を皮肉たっぷりに言った。「君にはこれまで数え切れないほど触れたりキスしたりしてきたのに、どうして突然、見ただけでとがめられるんだ？」

「とがめたりしてないわ！」

「たしかに口では言ってないが、態度に出ているじゃないか」カサンドラは肌の露出を避けようとしている。その様子を見ているうちに、ふつふつと怒りがこみ上げてきた。「今になってお堅い女性を気取っても手遅れじゃないか？　ゆうべはそんな恥ずかしげなそぶりは見せなかったぞ」

「ゆうべはゆうべ、今は今なの」

「ゆうべと今と、どこがどう違うんだ？　今日はなんの日だ？　悔い改めの日か？」

目を落とし、黙り込んでしまったカサンドラに、ホアキンは完全に打ちのめされた。度を失うまいと必死で自分を抑えながら、感覚のなくなった唇から言葉を絞り出す。「君も楽しんでいたと思っていたのに」

「楽しかったら、それでいいの？」

カサンドラの瞳がかっと燃え上がるのを見て、ホアキンは越えてはならない一線を越えてしまったのを知った。なのに、彼女がどういう理由でどこに引いた線なのかもわからない。

「それがすべてとは言わないが、大事なことじゃないのか？　これまでは何も不満を口にしなかったのに、なぜ急にそんなことを言い出すんだ？」

「何も言わなかったから不満はなかったと決めつけられては困るわ」

「カシー。不満があるなら、少なくともどこがいけないかぐらいは教えてくれ」

ああ、またあの〝カシー〟だわ、とカサンドラは思った。ホアキンに〝カシー〟と呼ばれたら、この先険悪になることを覚悟したほうがいい。

カサンドラは急に緊張して言葉が出なくなった。何をどう言っていいかさえわからない。こんな状態で、心を焼きつくしてしまいそうな不安を打ち明けることなど、とてもできそうになかった。

「どうなんだ、カシー？」ホアキンは氷のようなほほえみを浮かべた。「言うことはないのか？　不満があるんじゃないのか？」

どうしよう。いつまでも黙っているわけにはいかない。でも、ホアキンは挑戦的で冷淡な態度になってきた。本当の理由を切り出せるような雰囲気ではない。

「仕事に行くつもりなのね」

カサンドラの口から飛び出した言葉を、ホアキンは軽く笑い飛ばした。「仕事なら、ほとんど毎日行ってるじゃないか。それのどこが不満なんだ？」

「その……」ホアキンは視線をカサンドラの顔にぴたりと合わせて嘘《うそ》を見抜こうとしている。カサンドラは魂まで見透かされそうな気がして、ローブの襟を胸元でぎゅっと握り締めた。「今日だけは休んでくれるだろうと思っていたから……」

ああ、私ってどこまで臆病《おくびょう》なの？　今日なんか何も特別な日ではないのに。大切なのは金曜日だと正直に言ったらどうなの？　私たちが出会って一年になる金曜日が問題なのだと。

「どうして今日に限ってそんなことを言うんだ？」

ホアキンはズボンのポケットに手を突っ込んで窓まで歩き、戻ってきたかと思うとまた窓へ向かった。そうやって行きつ戻りつしている姿は檻《おり》の中をしなやかに歩き回る豹《ひょう》のようだった。どぎまぎしながらも、余計なことまで口走るのを恐れて黙っていると、彼は突然ぴたりと立ち止まって振り返った。

「なるほど、わかったぞ。今日というより、ゆうべが特別だったんだな」

「あなたと話がしたいの」カサンドラはあわてて口をはさんだ。今日も一日彼とベッドで過ごしたがっているなどと思われてはたまらない。

「だが休むわけにはいかないんだ。昨日、僕は家で仕事をするつもりだったのに、まったく手つかずのままなんだ」ホアキンは〝誰のせいだ？〟とでも言いたげに、口の端で小さく笑った。

「あなたには働く必要なんかないわ」カサンドラは意地になって言い返した。ホアキンは、働かなくても一生食べていけるはずだ。ワイナリーのビジネスはすでに確立されているから、経営を誰かにまかせれば、働かなくても死ぬまで遊んで暮らせるお金が入ってくる。カサンドラはそれでも仕事を続けるホアキンを誇りに思っていたが、今はそう認めるつもりはなかった。もうあとには引けない。黒を白と断言することだって辞さない気になってくる。

「僕は働きたいから働いているんだ」ホアキンは急に真顔になった。さっきまでの小さな笑みさえも、かき消えてしまった。カサンドラは温かみのないホアキンの顔を見て、彼の笑顔にどれだけ心を休められていたかに初めて気づき、もう一度笑ってほしいと心から願った。

カサンドラはふと、私は思っていたほどこの人のことを知らないのかもしれないと感じ、衝撃を受けた。ホアキンは心のどこかに闇《やみ》を秘めていて、それを私に見せまいとしてきたのでは……。

「とにかく金曜日までは忙しいんだ。金曜日は大事な日だからね」

金曜日が重要な日ということはカサンドラも十分承知していた。だけど、ホアキンがそう思う理由ははたして私と同じなのだろうか。

4

カサンドラは急に答えを知るのが怖くなった。知りたくないことはきくものではないと、母がよく言っていた。まさにそのとおりだ。

「金曜日?」気ぜわしくあたりを見回すうちに鏡に映る自分の姿が目に入り、カサンドラはその見苦しさに思わず顔をしかめた。男物のローブはぶかぶかだし、髪は鳥の巣のように乱れ、あのときの会議でホアキンが目に留めたエレガントなキャリアウーマンの姿はどこにもない。

カサンドラは手近にあったヘアブラシを取り上げて、もつれた髪を力まかせに引っぱった。

「なぜ金曜日が大事な日なの?」こんな質問は、ただの時間稼ぎでしかない。それでもカサンドラは、決定的な瞬間をできるだけ遅らせたかった。今日はこのくらいで終わりにするのはだめ? あと少し、このままの関係が続けられないの? 最後にもう一度、ゆうべみたいな夜を過ごせないかしら……。

「ロンドンのバイヤーが商談に来るんだ。君にも同席してもらいたい」

「私も？」カサンドラは鏡の中のホアキンに問い返した。「どうして私が？」

「君は僕の専属通訳だろう？」

「通訳なんていらないでしょう？　あなたの英語は完璧《かんぺき》だもの。ふつうのイギリス人より上手なくらいだわ」

ホアキンは、褐色の顔に真っ白な歯をのぞかせて、いたずらっぽく笑った。「まあね。だが相手はそんなことは知らない。だから少なくとも今の段階では、知らないままでいてもらうつもりなんだ。僕は英語がわからないと思って、内輪の話をぽろりとこぼすかもしれないからね」

「それで商談が有利になるのね」

「当然《オブビアメンテ》さ。ほかに何がある？」

〝ほかに何がある？〟その質問を、カサンドラは自身に問いかけた。ホアキンの頭に、ビジネス以外の何があるだろう。あれこれ策を巡らせてお金儲《もう》けすること以外に何を考えているというの？　ホアキンに人間的な感情を期待しても、むなしいだけなのだ。

くしゃくしゃだったカサンドラの髪は、もう梳《と》かすところがないほど真っすぐになった。だが髪さえもだらりとうなだれて見えるほど憂鬱《ゆううつ》な気分だ。

熱い涙がこみ上げてきたので、カサンドラはぞっとした。必死で涙を押し戻し、ホアキンのほうを振り向いた。彼は部屋の真ん中でポケットに手を突っ込み、いぶかしげな顔で立っている。

「つまり、金曜日には私も仕事をするわけね」

「仕事というか、ビジネスディナーだ。夕食に招待している。どうしてそんな顔をするんだ？」

「そんな顔って？」とぼけても無駄なことはわかっていた。ホアキンはいかなる隠し事もすぐさま見抜いてしまう。だからこそ、このところ毎日カサンドラは、彼に心の内を見透かされることを恐れてひやひやしているのだ。彼が仕事依存症のように働きづめなのをありがたくさえ思う。彼がいないあいだだけは、仮面を取って不安に顔をゆがめられるから。

「わからないのか？」ホアキンはカサンドラにつかつか歩み寄り、肩をつかんで鏡のほうへ向き直らせた。カサンドラが顔をそむけると、彼は指で顎を押さえて顔を動かせないようにした。「こんな顔だよ。とてつもない罪を犯した罪人を見ているような顔だ」

「おかしなことを言わないで！」

「おかしいか？　それはどうかな。自分の顔を見ればわかるさ。ほら、カシー。見てごらん」

カサンドラは鏡を見ようとはしなかった。自分がどんな表情をしているかぐらいは知っている。でも、ホアキンは私の顔に何を見たのだろう。もしかしたら彼は、不安に陰るこの瞳や何日も抱えてきた苦悩を必死で隠しているこの顔に、別の感情を見ているのかもしれない。彼は私が怒っているのだと思ったのだろうか。怒って不機嫌になり、無茶を言い出したのだと。

だが、傷ついて心がぼろぼろになっているのを知られるよりはそのほうがよかった。何しろホアキンのほうは、大事な一年目が近づいていることなどまったく頭にないのだから。それどころか、その大事な日に仕事の予定を入れて、あげくの果てにカサンドラにまで仕事をさせようとしている。

「あなたは金曜日がなんの日か、知ってるの？」

ホアキンはほんの一瞬眉根を寄せて頭をそらした。すぐに顔からあらゆる感情を消し去って、大理石の彫刻さながらに無表情な顔になった。

「もちろん知っている。一年前、僕たちが出会った日だ」

「だったら……」

「ああ、そうか。ロマンチックな一日を期待していたんだな。花束とチョコレートが欲しいのかい？」

挑発に乗ってはいけないとわかってはいたが、カサンドラは言い返さずにいられなかった。たとえ喧嘩《けんか》になったとしても、彼の言葉にどれほど傷つけられたか知られるよりはましだ。

「そのくらい当然よ」自分でも思いがけないほど、冷たいこわばった声が出た。「でも、とんだ期待はずれだったわ。プレゼントはビジネスディナー。おまけにディナーをしながら働けですって」

「ずいぶん前からの予定なんだ」

「急な話でも断らないでしょう?」

「ああ」ホアキンはきっぱり言い放った。「こちらの都合で断れる話じゃない」

「つまり都合が悪くても断らないということね?」

「そうだ」

ホアキンはいらだった。まったく、いったいどうなってるんだ? この数週間というもの、今日はどっちのカサンドラと対面することになるのかと帰宅のたびに気を揉《も》まされる日が続いている。出会ったころからずっとホアキンを虜《とりこ》にしてきた魅力的なカサンドラと、数週間前に突然現れた、気むずかしくて怒りっぽいカサンドラ。一人目のカサンドラなら、何カ月も前から準備を重ねてきた商談を土壇場で断ることなどできないとわかってくれただろう。

一方、二人目のカサンドラは、ちっとも理解を示してくれない。ホアキンがこのところ働きづめなのも、実は少し一人になって考える時間が欲しかったからだった。

「金曜日がなんの日かは知っている。だからって大騒ぎするほどのことではないだろう?

結婚記念日でもあるまいし」

この言葉にカサンドラは驚くほど強い反応を示した。顔がみるみるこわばり、瞳から輝きが失われていく。ふくよかな唇も一本の線のようにきつく結ばれて、言い返したいのを必死で抑えているように見えた。

「そういうことなのか？」ホアキンははっとしたように言った。「君は結婚を望んでいるのか？」

カサンドラはさらにぎょっとした顔になった。「結婚？　まさか！」

カサンドラはブロンドの髪を振り回すようにして激しく首を振り、持っていたヘアブラシをしわくちゃのシーツの上にほうった。

「とんでもないわ！　私があなたにひざまずいてプロポーズしてもらいたがっていると思っているの？　やめてちょうだい」

どうやらとんだ勘違いだったようだ。だが、胸に広がるこの気持ちがなんなのか、ホアキンにはわからなかった。安堵《あんど》しつつもがっくりくるような、複雑な気分だ。昨日までのホアキンなら、間違いなくほっとしただろう。今日はそうとも言い切れなかった。

「縛られるのはいやだと最初から言っているだろう？」ホアキンはばつが悪そうに言った。

「私がいつそんなことを要求した？」

「じゃあ、その点ではお互い考えが一致しているわけだな」

「ぴったりよ」カサンドラはぞんざいに言いながらワードローブの扉を乱暴に開けて、中の洋服《ブエノ》をにらみつけるようにして服を選びはじめた。

「よかった」

「ええ、私も安心したわ。たまには意見が一致することもあるのね」

それを聞いたときのホアキンの気持ちは、間違いなく安堵だった。余計なことを言わなくて本当によかったと胸をなで下ろす。

もう少しでばかなことを口走ってしまうところだった。彼女がいやがりそうなことを。

〝縛られるのはいやだ、でも君だけは……〟と。

〝君だけは〟そのあとをどう続けるべきか、ホアキンは自分でもわからなかった。ただ、カサンドラとの関係は続けていきたい。

永遠に？　それはわからない。ホアキンは、永遠の愛など信じていなかった。子供のころは信じていたし、愛と信頼に基づいた両親の結婚こそ、理想の結婚だと思っていた。ところが十五歳のときに、それは絵空事だったのだと思い知らされた。

父は一度ならず、二度までも愛人を作っていたのだ。しかも、その二人の愛人のあいだにそれぞれ一人ずつ息子が生まれていた。

それだけではない。ホアキンと妹は、父と母の愛の結晶などではなかった。両親の結婚は、ビジネスを縁戚《えんせき》で固めるための政略結婚でしかなかったのだ。

母の打ちひしがれた顔、ベッドに突っ伏して泣く姿が忘れられなかった。夜中に両親が喧嘩する声を聞いたこともある。以来、ホアキンは永遠の愛を信じなくなった。

それからというもの、ホアキンの考えを覆すようなことは起こらなかった。むしろ、彼自身の経験から、かえって確信を深める結果となった。父と同じように、ホアキンも一人の女と長くつき合うのには向いていないようだった。血は争えないものだ、とホアキンは思った。どんな女も一年もつき合っていると飽きてしまう。別れて後悔したこともない。自分にはそんな関係が合っているとホアキンは思っていた。

ところが、カサンドラにはちっとも飽きがこない。ゆうべのような経験ができるとあっては、そんな日がくると思えなかった。

カサンドラのほうはどういう気でいるのだろう。ホアキンはその点については自信がなかった。とくに最近は彼女の考えていることがわからない。どこかそわそわして落ち着きがない感じもする。そろそろ潮時だと思っているのだろうか。

もうすでに新しい相手が控えているのかもしれない。

いや、そんなはずはない。ゆうべの彼女は驚くほど熱く燃えていた。別の男の存在が頭にあったなら、あれほど激しく反応するはずがない。

「君はそれでいいのかい？」

「うーん……」カサンドラはワードローブに頭を突っ込んで服を取り出している最中だっ

たので、返事がよく聞き取れない。

「僕たちは二人とも、今までどおりの関係で満足だと思っていいんだね？」ホアキンは恐る恐る繰り返した。鮫《さめ》が群れている海の中を、びくびくしながら進むような気分だった。

「お互いを縛らず、約束もせず……」

「その《エ》と《ク》お《サ》り《ク》！《ト》」

　ぱっと振り返ったカサンドラの目には、おやと思うような表情があった。ところが次の瞬間には、彼女はにっこり笑っていた。

「そのとおりよ。あなたは最初から正直にそう言っていたわ。私もそれ以上を要求したことはないでしょう？」

「ああ」ホアキンは動揺を笑みで隠そうとした。「だから僕たちは相性がいいんだな。僕としても、君が無理な注文をしないとわかっているから安心なんだ」

「そうね」カサンドラの声は、言いよどむような奇妙な響きを帯びていた。「もちろんよ。無理な注文をする気はないわ」

　カサンドラは視線をベッド脇《わき》のテーブルに置かれた時計に移した。次に口を開いたときには、彼女の口調から奇妙な響きはすっかり消えていた。もしかしたら考えすぎだったのかもしれない、とホアキンは思った。

「仕事に行くなら、そろそろ出たほうがいいわ。遅れると困るでしょう？」カサンドラは驚くほどさらりと言った。さっきは仕事に行くのが不満だと言ったのに、そのことはもう気にしていないようだ。

「できるだけ早く帰るよ」

ホアキンはカサンドラに歩み寄り、彼女の唇にキスをした。これでやっと二人のあいだのわだかまりが溶けて、わかり合えたと思った。だから、カサンドラの反応は意外だった。いつもなら熱烈なキスを返してくれるのに、今日は唇をぎゅっと結んでキスを受けただけだったのだ。まだ完全に機嫌を直してくれたわけではないらしい。

だが、今はこれ以上考えている余裕はない。すぐにでも出ないと遅れてしまう。話は夜までお預けだ。

「この続きは今夜だ」そう言ってホアキンは乱れたベッドにちらりと目を向けた。ベッドの中なら、二人は完全に通じ合うことができる。「行ってくるよ」ホアキンはドアに向かいながら言った。

「さようなら……」

カサンドラの弱々しい声は、ドアが閉まる音にかき消された。

「さようなら、私が愛した人」カサンドラは目を涙でいっぱいにして、ホアキンからもらった最後のキスが逃げていってしまわないように唇を指先で押さえた。

結局、彼に直接尋ねることはできなかった。絶対にはっきりさせようと思っていたのに、真実を突きつけられるのが怖くて最後の最後になって口をつぐんでしまった。でも、どのみち尋ねる必要などなかった。ホアキンに、正直な気持ちを包み隠さず告げられたのだから。

〝縛られるのはいやだと最初から言っているだろう？〟

〝僕たちは二人とも、今までどおりの関係で満足だと思っていいんだね？〟

〝お互いを縛らず、約束もせず……〟

〝君が無理な注文をしないとわかっているから、安心なんだ〟

これだけ言われて、何を尋ねる必要があるだろう。彼は二人の将来を真剣に考えるつもりなどない。今以上の関係を望んでいないのだ。一年限りのルールが破られなかったのが不思議なくらいだった。

いいえ、何も不思議なことはないわ。

家を出る間際にホアキンがベッドに視線を走らせながら言った言葉を考えると、一年が過ぎても彼がカサンドラと別れない理由は明らかだった。

セックスだ。

〝この続きは今夜だ〟

ホアキンはゆうべの続きをしたがっている。ゆうべのように激しく愛を交わすことを望んでいるのだ。

いや、愛を交わすというのは違う。情熱はあっても愛情はまるでないのだから。ホアキンが彼女に求めているのはセックスだけ。それ以上でも以下でもない。カサンドラはそれでは満足できなかった。彼女が求めているものとはまるで違う。ホアキンからはセックス以外の感情は期待できないと知りながら、平気な顔をしていることなどとても無理だ。

ホアキンを愛してしまったから。こんなに愛しているのに少しも愛情を返してくれない彼と、これ以上一緒にいられない。

だから、出ていくしかないのだ。

自分から終わらせるようなまねはしたくないけれど、ほかに選択肢はない。このままの関係を続けても幸せにはなれないし、破局はいつか必ずやってくる。そのときになって絶望の淵《ふち》から這《は》い上がれなくなるよりは、今すぐ終わりにしたほうがいくらか楽だ。手足を切断されるような苦しみを味わうかもしれないが、傷跡は少しずついえていく。心にぽっかり穴があいた状態で生きるはめになったとしても、少なくとも生き続けることはできる。

だがこのままここにいたら、完全に破壊される日がくるだろう。それどころか、ホアキンを憎むあまり、彼の人生もめちゃくちゃにしようとするかもしれない。

今すぐここを出よう。彼が留守のあいだに家を出ないと、引き留められるかもしれない。彼に行かないでくれと言われたら、出ていけなくなってしまう。行くなと一言言われただけで、私はとどまる気になるだろう。いつかは二人のあいだに何かが芽生えるのではないかという愚かな期待にしがみついて。

「でも、そんなことはありえないんだわ」カサンドラは深々とため息をついた。「あれほどはっきり言われたんだもの」

あれでは〝今日は別れの宣告はしないが、ベッドの相手として不足を感じたら、すぐさま引導を渡すぞ〟と言われたのも同然だ。カサンドラはひどくショックを受けた。傷ついているところを見せたくなくて、自分でも驚くほど冷たい攻撃的な態度をとってしまったけれど。

家に帰り、カサンドラがいないことに気づけば、怒って出ていったのだとホアキンは思うだろう。彼が一年目の記念日を祝おうとしなかったことを怒っているのだと。彼に無理な注文をする気はないと言った私の言葉が、もしかしたら嘘《うそ》だったかもしれないなどという考えは一生浮かばないに違いない。

カサンドラはうなだれて首を振った。

いいえ、あの言葉は嘘じゃなかった。彼に与えるつもりがないものを注文してなんになるだろう。愛してくれないのが不満だと訴えても、彼が困るだけだ。愛は頼んで手に入るものではないのだから。

さあ、とりあえず身のまわりのものだけまとめて、彼が帰る前に姿を消そう。でも、どこに行ったらいいのやら……。

そのときベッド脇のテーブルで電話が鳴った。きっとホアキンだ。カサンドラは飛びつくようにして電話を取った。

「ホアキン?」

謝るつもりでかけてきたのかもしれない。心にもないことを言ってしまった。本当は家にいて君と過ごしたかった。本当は君のことを……。

だが受話器の向こうの声は、似てはいるがホアキンのものではなかった。

「はずれ。弟のほうだよ」ラモンがのんびり言った。「実は兄さんに用があったんだが、どうやら一緒ではないみたいだな」

「ええ。一緒じゃないわ」

今も。そして、これからもずっと。

その事実が急にはっきりと見えて、カサンドラはショックのあまりベッドにへなへなと座り込んだ。

「ホアキンは仕事に行ったの」

カサンドラは、涙がこみ上げて声が震えそうになるのを必死で抑えた。ところがラモンは、彼女の様子がいつもと違うと、敏感に感じ取った。

「どうかしたのかい、カシー?」

カサンドラはホアキンの枕《まくら》に手をすべらせた。ついさっきまでここに、ホアキンの頭がのっていた。上質のコットンの枕はすでにひんやりしているが、まだ彼のにおいがかすかに残っている。カサンドラは深々と息を吸って、愛する人の最後の思い出を心に刻もうとした。

「カシー？」ラモンの声に力がこもった。「どうしたんだ？　何かあったのか？」

「終わったの、ラモン。私たち、別れることになったの。私はここを出るわ」

「なんだって？」

ラモンはスペイン語でののしりの声をあげた。

「君たちほどうまくいってるカップルはいないと思っていたのに、どうして……。兄さんがまた一年限りの悪い癖を出したのか？　そうなのか？」

「まあ、そんなところね」カサンドラはため息をついた。厳密にはそうではないが、似たようなものだ。細かいところまでいちいち説明する気にはなれなかった。

「兄さんは頭がおかしいんだ。まったくどうかしている！　いいか、カシー。おとなしく言われるとおりにしてはだめだぞ。ここらで一つがつんと……」

「待って、違うの」カシーはあわてて口をはさんだ。このままでは、ホアキンのもとにとどまるように説得されてしまうかもしれない。「追い出されるんじゃないの。私が自分から出ていこうと決めたのよ」

「君が……？」

「ええ。私たちも一年の壁を越えられなかったのね。壁に突きあたって身動きができなくなってしまったの。だからおしまい。もうやめたの。今すぐここを出るわ。とりあえずどこかに泊まって——」

ラモンは最後まで聞かずにきっぱり言い切った。「すぐに迎えに行く。荷物をまとめるのを手伝うから、それを持ってうちにおいで」

5

一週間って、こんなに長かったかしら？　グラスにスパークリングウォーターをそそぎながら、カサンドラはため息をついた。グラスの中で氷がぱりんと割れる音がする。ラモンのアパートメントに移って以来、一日一日がとてつもなく長かった。

長く、寂しく、暗い毎日が続く。こんな状態もいつかは終わるとカサンドラは自分に言い聞かせてきたが、そうなる兆しは少しも見えない。

カサンドラは毎晩、大きな寝心地のいいベッドでまんじりともせずに横たわり、明日はなんとかなる、もっといい日が待っていると頭の中で繰り返した。

だが、朝になってもまったく同じ暗がりの中にいて、今日も果てしなく続く時間を耐えなければならないのかと憂鬱《ゆううつ》になった。やっと夜が訪れると、闇《やみ》の静けさに身を潜めるようにしてひっそりと過ごした。横になって宙を見つめ、またもや長い時間をじっと耐えていくのだ。

ほんの何時間かうとうとすることもあった。そんなときは決まって、ぶどう畑の丘の上にある屋敷でホアキンと一緒にいる夢を見た。カサンドラはホアキンの横で、彼の大きなたくましい体にぴったり寄り添い、腕にしがみつくようにして寝ているのだ。その夢は生々しいほど鮮明で、愛する人の体がすぐそばに感じられた。魂の奥底から突き上げる欲求に体が熱くなっていった。

うううんとうなって身を伸ばし、ホアキンのほうへ手を伸ばす。

だが、そこに彼の姿はない。

すると彼がいないことに改めて気づかされて、激しい喪失感に襲われた。寂しくて、苦しくて、つらくて、身を引き裂かれそうなむなしさをベッドの中で身を丸くしてこらえた。抑え切れずにこぼれた涙が枕《まくら》に落ち、朝になるといつも、つらい夜の刻印のようにしみになっていた。

そのとき外で車が止まる音が聞こえた。

ラモンが帰ってきたのだ。誰かと話をしていれば、少しは気を紛らすことができる。ラモンがいると、ホアキンの家に戻りたい気持ちをなんとかこらえることもできた。

少なくとも一日に一度はラモンの家を飛び出して、ぶどう畑の中の大きな白い屋敷に向かって車を走らせたい衝動に駆られてしまう。

ちょっとぐらい、いいんじゃない？　心の中で小さな声がカサンドラをしつこく誘う。

もちろん、そのちょっとがどんな結果をもたらすかはよくわかっていた。ホアキンのもとを去ったのは、理性のなせる業だった。もし、もう一度彼に会ったりしたら、彼と離れて過ごした一週間の苦しみがまったく無駄になってしまう。

カサンドラには今、麻薬依存者なみの自制心しかなかった。ホアキンという薬を差し出されれば、後先考えずに手をつけてしまうだろう。そうなったらおしまいだ。いつの日にか心の安らぎが得られるだろうという希望を、自分からつぶしてしまうことになるのだ。ホアキンに会ったら、カサンドラはまた彼のところに戻ってしまう。それは太陽が東に昇るのと同じくらい確実なことだった。彼のもとに戻れば、近い将来もっと傷つくだけだ。ホアキンは縛られるのはいやだとはっきり言い切った。彼のもとに戻ってもそれは変わらないし、少しばかり先延ばしにできたとしても破局はいつか必ずやってくる。

憂鬱な物思いからカサンドラを救ったのは、玄関のベルの音だった。続いて厚い木の扉をどんどんたたく音がする。すぐにしびれを切らすラモンがおかしくて、カサンドラは思わずくすっと笑い、首を振った。

「しかたがないわね、アルコラール家の人たちは！　待つということができないんだから」

そんなところは、ホアキンとそっくりだ。ホアキンのことが少し頭に浮かんだだけで、明るい気分がしぼんでいく。そのときまたドアをたたく音がしたので、カサンドラはバスローブのベルトを結び直した。さっきシャワーを浴びたばかりでまだ着替えをしていなかったのだが、ノックの音に急《せ》かされて部屋を出た。

「どうしたの、ラモン？」カサンドラは錠をはずし、重い扉を開きながら尋ねた。「鍵《かぎ》を忘れたの？」

「ラモン、彼女の居場所を知っているなら教えてくれ」

せっぱつまったようなホアキンの声と、カサンドラの声が重なった。気がつくとホアキンが目の前に立っている。会いたくてたまらない半面、破壊させられたくなくて会うのを恐れていた人が。

ホアキン・アルコラール。久しぶりに見る彼は、目を見張るほどハンサムだった。彼の男らしい浅黒い顔を一目見ただけで、この一週間のつらい思いがすべて無に帰してしまった。こうなるだろうとカサンドラは思っていた。彼女は情けないほど弱くなり、怒濤《どとう》のごとく襲う感情にのまれそうだった。

ホアキンも驚愕《きょうがく》したように立ちすくんでいる。

「カサンドラ」彼は喉の奥から声を絞り出すようにしてつぶやいた。

「やめて！」

カサンドラはとっさに扉を閉めようとした。理由などなかった。ただ、ホアキンにこれ以上心をかき乱されたくなくて、手が反射的に動いたのだ。

ホアキンもさっと手を出し、閉まりかけた扉を押さえた。ほんのわずかのあいだ、二人は扉に手をかけて無言でにらみ合った。

だが、最後にホアキンが一押しすると、ドアは簡単に開いた。あわてふためくカサンドラを尻目に、彼は堂々と入ってくる。

「帰ってちょうだい！」

無駄とは知りつつも、カサンドラは必死で訴えた。ホアキンはふんと笑ってから、目をぎらつかせてカサンドラを見据えた。

「そういうわけにはいかないね。きちんと説明してもらうまで、帰るつもりはない」

「でも……なぜ？　ここで何をしているの？」

「ききたいのはこっちのほうだ」

ホアキンは後ろに向かって扉を蹴《け》った。閉まるときにばたんと大きな音がして、カサンドラは思わずひるんだ。彼の燃えるような視線が肩に垂らしたブロンドの髪から淡い緑色のシルクのローブへと下りていき、木の床の上の素足に向けられた。

「僕の弟のアパートメントで何をしているんだ？　しかもそんな格好で」

ローブは襟元をきっちり合わせていたが、こんな薄い布などはぎ取ってしまいそうなほど鋭い目つきで見られると、カサンドラはひどく無防備に感じた。

「こ、ここに住んでいるから」カサンドラは震える声でなんとか言うと、必要もないのに、ぎこちない手つきでローブの襟をさらにきつく合わせてベルトを結び直した。

「ふうん、そうなのか」

あっけない言葉とは裏腹に、ホアキンの声には不吉な響きがあり、カサンドラはぞっとした。その声はとがった岩を思わせた。油断をして乗り上げると、船底をまっぷたつに引き裂かれて沈没してしまう。

「ええ、そうなの」

カサンドラは勇気を振りしぼり、少しでも強気な態度をとろうとした。ところがホアキンは、彼女のささやかな反抗心をひねりつぶすように眉をひょいと上げ、無言のまま見下した視線を向けた。

「ラモンのところに移ったの」カサンドラは恐る恐る言った。まともにものを考えることなどできなかった。頭の中には、早くホアキンに帰ってほしいという思いしかない。でないと、ばかなことをしてしまうかもしれない。ホアキンの腕に飛び込んで、愛しているわ、私を連れていってと言ってしまいそうだ。

〝ラモンのところに移ったの〟

カサンドラの言葉を聞いて、ホアキンは目の前が真っ暗になった。

ラモンのところに移った？　まさか、僕の考えているような意味ではないだろう？　いや、待てよ。

ホアキンは一週間前の出来事を思い出した。突然帰宅した、あの日のことだ。

あの日、カサンドラは少し変だった。焼けたトタン屋根にのった猫みたいに落ち着きがなかった。

そうしたらラモンがやってきた。カサンドラはラモンを待っていたのだ。しかも鍵まで渡していた。カサンドラはラモンを見たとたん、顔を輝かせてうれしそうに笑った。

またラモンにやられたのだろうか？　何年も前に、父の愛人の子だといって現れたラモン。ラモンは、父ファン・アルコラールと愛する女性との愛の結晶だった。正妻、つまりホアキンの母は、政略結婚の相手でしかなかった。それを知ったときから彼は、愛だの誓いだのといった言葉を信じられなくなった。

〝いつまでも幸せに暮らしました〟などという幻想は、すっかり打ち砕かれてしまった。

そして今度はカサンドラだ。僕のカサンドラ。僕の女。

〝ラモンのところに移ったの〟

そんなはずはない。だが、彼女自身がはっきりそう言った。しかも薄いローブ一枚の姿でラモンの帰りを待っているのだから、疑いようがない。

カサンドラがローブの下に何も着ていないのは一目瞭然《りょうぜん》だった。ちょっと動いただけで胸がやわらかく揺れて、ゆるやかな腰の曲線が手に取るようにわかる。

ホアキンは悔しさのあまり歯ぎしりした。今にも爆発しそうな怒りを必死で抑え、食いしばった歯のあいだからようやく言った。

「君は僕の弟と一緒に住んでるのか？　僕があちこちを捜し回っているあいだ、ずっとここにいたのか？」

カサンドラは口がきけなくなったように、ごくりと喉を鳴らした。そして青い瞳でホアキンの目をとらえ、しっかりうなずいた。そのたった一つの動作が、ホアキンの胸にわずかながら残っていた希望の光を跡形もなく消し去った。

「そうか。じゃあ、どうして急にこんなことになったのか、説明してくれ」

思ったより自然な言い方ができたことに、ホアキンは満足した。内心の煮えたぎる怒りをまったく感じさせない、クールで穏やかな声だ。

「急にじゃないわ。前から考えていたの」

「それなら、なぜ何も言わなかったんだ？」

なぜ僕は気づかなかった？

いや、気づいていたのかもしれない。どこかがおかしいと思っていたじゃないか。最近のカサンドラは、人が変わったようにいらいらして落ち着きがなかった。だが、こんな結果が待っていようとは。

いったいこの女は何者なんだ？　これが僕のカサンドラの本性なのか？

「言おうとしたの。でも……」

「言おうとした？　ああ、たしかに君はいろいろ言おうとしたね。最初は僕が仕事に行くのが不満だと言い、それから金曜日に通訳をするのはいやだと言う。見事にすっぽかしてくれたがね！　金曜日には君はもう姿も形もなかった。そうやって消えておきながら、説明らしきものは紙切れたった一枚だ」

ホアキンはくるりと背を向けて、宙を見据えたまま部屋の中を行ったり来たりした。一週間前の夜、家に帰ったときの記憶がよみがえる。家はひっそり静まり返っていた。

カサンドラはプールか庭にいるのだろうと思って呼んだが返事はなかった。そこでホアキンはワインを何本か冷蔵庫に入れてから、前の晩に愛を交わしたプールのデッキチェアに寝そべって待った。

ホアキンは待った。

待ち続けた。

前の晩の出来事や朝になって交わした会話を、ホアキンは頭の中で何度も思い返した。そうするうちに、自分が思っていたよりずっと深みにはまっていたことに気づかされ、やがて確信するに至った。僕はやっと、いつまでも一緒にいたいと思える女性に巡り合ったのだと。

そして、その日の昼間に達した結論を見つめ直し、やはりこうするしかないのだと思った。永遠の愛を信じたわけではないが、少なくとも彼女となら試してみる価値はある。ホアキンは昼間、会議を抜け出して宝石店で何時間もかけて選んだ指輪を手に取った。彼は、めったに感じたことのない不安という感情に取りつかれた。

カサンドラはどう思うだろうか。この数週間、彼女はいつもと様子が違う。僕のことがいやになったのかもしれない。別れる気でいるのだろうか。カサンドラはいつまで待っても姿を見せず、ホアキンの不安は大きくなるばかりだった。

たまりかねて家の中に入ったとき、ホアキンはマントルピースの上に置かれた写真立てのあいだに小さな紙切れを見つけた。中を開くと、恐ろしく月並みなメッセージが書かれていた。だがホアキンには苦笑いする余裕さえなかった。最悪の不安が現実になり、どん底に突き落とされた。

「〝こんなことになって残念です。さようなら〟」ホアキンは皮肉たっぷりに文面を繰り返した。「たったの二言だ。理由を説明するのがそんなに面倒か?」

ホアキンが怒りをあらわにすると、カサンドラははた目にもわかるほどびくっとした。なぜ彼女がそれほど驚いた様子を見せるのか、ホアキンは理解に苦しんだ。こんな仕打ちをされたら怒るのも当然だろう。

「君はそんなそぶりは何一つ見せなかった。あの晩も、ベッドをともにしたじゃないか」

カサンドラは急に青ざめた顔になり、天を仰ぐようにして固く目を閉じた。どうやら、どの晩のことか説明する必要はなさそうだ。

「愛を交わしたばかりだというのに、君は……」

そのとたん、カサンドラはぱっと顔を上げ、怒りに満ちた目でホアキンをにらみつけた。

「愛を交わしたですって？　あれはただのセックスよ」

「ただのセックスか」

結局、カサンドラにとってはそれだけのことだったのだ、とホアキンは思った。彼ははらわたをむしられる思いがした。

ホアキンは、ラモンが酒をしまっているキャビネットに真っすぐ向かい、中からブランデーのボトルを出して、もぎ取るように栓を抜いた。クリスタルのグラスになみなみそそぎ、おどけた手つきでカサンドラに乾杯してから琥珀《こはく》色の液体をぐいっと飲んだ。

「そのとおり。僕たちはセックスをした。だが、ただのセックスじゃない。最高のセックスだ。いくら君でも、それまで否定するつもりはないだろう？」

「それは……否定できないわ」

「そう、できっこないね。でなけりゃ、君は世界一の演技派女優だ。僕はあの晩ずっと、君と一つになっていた。君が感じた喜びも、体の反応も、何一つ見逃さなかった。君と僕は完全に一体になっていた。だから君がいくら否定しようとしても、君が狂おしいほど僕を求めていたことは――」

「ええ……つまり、否定するつもりはないわ」怒りに駆られてまくし立てるホアキンを、カサンドラは両手で制した。「私もあなたを求めていた。それはあのときにも言ったはずよ」

「なのに二十四時間もしないうちに、君は荷物をまとめてラモンのもとに駆け込んでいた」

ホアキンの脳裏に、ラモンが屋敷にやってきたときのカサンドラの笑顔が浮かんだ。喜んで迎え入れただけじゃない。彼女は鍵まで渡していたんだ！

嫉妬《しっと》の炎がめらめらと燃え上がり、ホアキンは手の中のグラスをぎゅっと握り締めた。

「あんなにすばらしい経験をした直後に」

「ただ楽しければ……セックスがよければそれでいいというわけにはいかないの」

「ラモンはそれ以上のものを与えてくれるのか？」

「少なくとも彼は、あなたからは得られない大切なものを与えてくれるわ」

カサンドラの声から、ついさっきまでの毅然《きぜん》とした調子が消えた。僕は彼女の自信を揺るがすようなことを何か言っただろうか？　だとしたら、どの言葉が彼女の心を射抜いたのだろう。

二人の会話はどこかかみ合っていない、とホアキンは思った。どことははっきり言えないが、何かがおかしい。ホアキンは、とらえどころのない危機感に、うなじの産毛が逆立つのを感じた。だが、裏切られたショックと怒りで朦朧《もうろう》とした頭では、考えを整理することなど不可能だった。

ホアキンはカサンドラに向けてブランデーのボトルを振った。「一緒にどうだい？」

「いいえ、いらないわ。あなたもあまり飲まないほうがいいわよ」

「どうしてだ？　構わないじゃないか。弟に女を取られたんだから、お返しにブランデーの一杯や二杯、もらったっていいだろう？」

「女を取られた？　いったいなんの話？」カサンドラはぽかんとした顔で尋ねた。なかなかうまい演技だ、とホアキンは思った。

ホアキンはブランデーのボトルをしばらく見つめていたが、不意に思い直したようにキャビネットに戻した。「弟と一緒に住んでいるんだろう？」

「ええ、そうよ。それはさっき……」カサンドラははっと気づいて言葉を失った。今になってやっと、ホアキンが大変な勘違いをしていると気づいたのだ。

ホアキンは、ただ一緒に住んでいることを言っているんじゃない。ラモンのアパートメントに置かせてもらっているだけなのに、カサンドラがラモンと一緒に暮らしていると思っている。ついこのあいだまで、彼女がホアキンと一緒に暮らしていたように。

「違うわ！」だが、ホアキンは聞いてはいなかった。

「僕との関係に満足している、ほかには何も望んでいないと言っていたのに、ラモンがどんな手を使ったか知らないが、君はあいつにいそいそとついていった。走り書きのメモを一枚残しただけで」ホアキンは飲みかけのグラスをテーブルにどんと置いた。

「あれ以上書いている時間がなかったの。だって……」

「ああ、そうか。新しい恋人を待たせたくなかったんだな。君は兄と別れて一週間もしないうちに弟のところに行くほど好色な女なのか？　そんなにラモンのところに行きたくてしかたなかったのか？」

「違うわ！　あなたは勘違いしているのよ」

「勘違い？　僕の家を出てすぐに、ラモンのところに来たんだろう？　君がラモンと一緒に住んでいるというのも、僕の勘違いなのか？」

「いいえ、一緒に住んでるというのは事実よ。でもあなたが考えているような関係じゃないの。私は彼の愛人なんかじゃないわ」

ホアキンはカサンドラの姿を頭の先からつま先まで眺めて、短いローブから伸びたむき出しの脚に目を留めた。強烈な視線にさらされて、カサンドラは肌がじりじりと焦げていくような気がした。

「本当よ！　愛人なんかじゃないわ。ラモンはあなたからは得られない大切なものを与えてくれるって言ったのは、あれは……」

カサンドラは肝心なところで言葉につまった。ラモンが何を与えてくれると言えばいいのだろう。ホアキンがこんな調子では、友情などと言っても信じてくれるはずがない。それに、ラモンが示してくれるのは、ただの友情じゃない。もっと深くて、もっと温かくて、兄が妹に示すような……。

　愛？　そんな言葉を口にすることはとてもできない。

「なんなんだ、カシー？　ラモンが与えてくれるというものは。僕から君を奪い取るのに、やつはどんな手を使ったんだ？」

「ラモンはそんなこと……」

　カサンドラが言いかけたとき、ホアキンが急に、はたと思い至ったような顔をした。彼はしばらく無言で考え込んでいたが、やがて漆黒の瞳に鋭い光が宿った。カサンドラはひどい不安に駆られた。

「そうか、わかったぞ。ラモンは君にプロポーズしたんだな？」

　カサンドラは色を失った。顔からどんどん血の気が引いていき、まわりがぐるぐる回りはじめた。

「違う……」思い切り言い返そうとしたのに、かすれた小さな音にしかならなかった。そんな声が思いつめた様子のホアキンの耳に届くはずはない。ホアキンはいきなり向きを変えると、カサンドラのほうへにじり寄った。

　ホアキンの顔を見て、カサンドラは心底震え上がった。一年ともに暮らした愛する人の顔は、どこにもなかった。この人は私の知っているホアキンではない。瞳は輝きを失い、顔は氷のように冷たい。彼がこんな冷酷な顔をするなんて……。

カサンドラは思わず後ずさりしたが、すぐに壁に行きあたり、立ち往生してしまった。

ホアキンは目を一点に据えて、決然とした表情でゆっくり近づいてくる。

「わかったよ。こうなったら観念するしかないな」

「観念？」思っていたよりそっけないホアキンの言葉に、カサンドラはぽかんとした。

「何を？」

「結婚だよ」

「け、結婚？」

「そう、結婚だ」

ホアキンは片手で髪をかき上げて、肩をほぐすように動かしてから、カサンドラと目を合わせて向き合った。

「君は結婚したいんだろう？　だったらしかたない。僕と結婚してくれ」

僕と結婚してくれ。

この言葉をカサンドラはどれだけ願っただろう。寝苦しい夜にベッドに横になり、いつの日か、彼に結婚を申し込まれる日がくることを夢に描いてみたりもした。

そんな夢物語はいつも、プロポーズされて天にも昇る心地になったカサンドラが、彼が言い終わりもしないうちから何度も何度もイエスと繰り返すシーンで終わった。

ところが現実には、返す言葉さえなく、カサンドラはぱくぱく口を開くばかりだった。

〝結婚したいんだろう？　だったらしかたない。僕と結婚してくれ〟

夢が叶《かな》ったというのに、カサンドラは絶望のどん底に突き落とされた気分だった。これがプロポーズなら、顔を平手打ちされるほうがまだましだ。

「どうなんだ？」

「今のがプロポーズの言葉なの？」

「どうにでも好きに取ればいいさ。どうしたんだ、いとしい人《ケリーダ》。もっとロマンチックなプロポーズを期待していたのかい？」ホアキンの口調は険しかった。とても、結婚を申し込んだばかりの男性の声とは思えない。「ひざまずいて君の手を取って申し込んだほうがよかったかな？　悪いが、僕にはそんなロマンチックな気配りはできなくてね」

「そうね。あなたがロマンチックな気配りをするところなんて見たことがないわ」

「気配りと言えば、君だって自慢はできないぞ。僕のプロポーズは君のメモより……」ホアキンはふと考えるそぶりを見せた。劇的な効果を狙《ねら》ってのことだとカサンドラはすぐに想像がついた。「一言多い。僕の前から永久に消えるつもりなのに、君が残した言葉はたったの二言だ」

「でも……」

カサンドラはふたたび言葉につまった。それどころか、涙をこらえるのがやっとだった。ホアキンからこんな仕打ちを受けることになるとは、思ってもみなかった。まるで別人のようなホアキンに、傷ついた心をさらに傷つけられたなど、知られたくはない。

「でも？」

「私が永久に消え去るつもりだと思ったのなら、どうしてプロポーズする気になるの？　いなくなるなら、結婚しなくてもいいでしょう？」

「いなくなったら困るから、結婚を申し込んでいるんだ」

〝いなくなったら困るから〟

カサンドラは深海の洞窟《どうくつ》を泳いでいるような感覚に陥った。暗くよどんだ水の中、どちらに向かって進んでいいのかまったくわからずもがいている気分だ。

もしかしたら私は間違った道を進んでいるのかしら？　彼は本気で私との結婚を望んでいるの？　私がいなくなったら困るというのは、本心からの気持ち？　でも、それならどうして、あんなつっけんどんな言い方をするの？　愛情はおろか、温かみさえ感じられない言い方を。

「どうやらこれしか君をつなぎ止める方法はないらしい。君は今の関係に満足していると言ったが、本心ではなかったんだな？　満足しきっていた僕には意外だったが」

「あなたは何に満足していたの？」

ホアキンは肩をすくめてみせた。答えは明白だろう、とその仕草は物語っていた。説明してもらうまでもない。

「僕たちほど通じ合っている相手はいないんだぞ。最高の関係じゃないか。最後の夜のことを忘れたのか?」

カサンドラは胃がよじれるような思いで、言いたくない言葉を口にした。「セックスね」

「ああ。ほかに何を望めというんだい、アマダ?」

ホアキンの口調は、最後の一言を本来の〝愛する人〟という意味とは正反対のものに変えていた。

「一目見たときから僕は君が欲しくてたまらなかった。君はその気持ちをずっと満たしてくれた。だが、僕はたとえ弟であろうと、ほかの男と君を共有するつもりはない。君は僕だけのものであってほしい。結婚がその代償なら、喜んで耐えるつもりだ」

「この一週間、私がラモンとベッドをともにしていたと思いながら結婚を申し込むなんて、正気の沙汰《さた》じゃないわ」

「一週間なら許してもいい。魔がさしたのだと思うことにしよう。だが、これ以上は許さないぞ。君は僕のものだ。ラモンのことは忘れろ。いいな?」

カサンドラは唖然《あぜん》として立ちつくした。口をぽかんと開けてさぞかし不格好に見えるだろうと思いつつ、ホアキンの冷然とした無頓着《むとんちゃく》さに、金縛りにあったように固まってしまった。

ホアキンが本気でそんなことを言うなんて、考えられなかった。冗談に決まっている。

でも、冗談にしては悪趣味すぎる。

「それで、君の返事は？」

追い打ちをかけるような質問に、カサンドラはぷっつり緊張の糸が切れるのを感じた。彼が傲慢《ごうまん》な言い方をしたことに、いくらかでも救われる思いだった。小さな怒りでも、あおり立てて炎にすれば、少なくても涙は見せずにすむ。

「返事？　私にどう返事しろと言うの？　こんなばかげたプロポーズに、まともに返事をする女がどこにいるの？」

これだけ言えば十分だと思ったのに、ホアキンは暗い目でカサンドラの顔をじっと見つめて、続きを待っている。きちんと返事をするまで待つつもりらしい。

「私の返事はノーよ。この地球にあなたと二人きり取り残されたって、あなたとは絶対に結婚しないわ！」

言い終わってしばらく、恐ろしい沈黙が続いた。カサンドラは彼の反撃が始まるのをひやひやしながら待った。彼が怒っているのか、傷ついたのかはわからない。だが、これだけ言われてホアキンが黙って引き下がるとはとても思えなかった。

だから、ホアキンが肩をすくめてそっけなく言ったとき、カサンドラはひどく戸惑った。

「そうか。それが君の返事か」

「ええ」何時間も走ってきたように息苦しくて、うまく声が出ない。「それが私の返事よ」

「だったらしかたない。あきらめるよ。その格好からすると、ラモンはそろそろ帰るころなんだろう？　帰ったときに僕がいたら具合が悪いだろうから、さっさと消えることにするよ。さよなら《ブエナス・ノチェス》、カシー」

カサンドラは今度こそ大口を開けてぽかんとした。ホアキンはあっという間に背を向けて、ドアから出ていこうとしている。

「ホアキン……」カサンドラは思わず呼びかけた。

だが弱々しい声はホアキンの耳には届かない。いや、聞こえたが、無視を決め込んだのかもしれない。頭を高く掲げ、肩を怒らせて歩き続ける彼の姿は、もうこの女には用はないと言っているようだった。

このままホアキンを見送ろう。彼が立ち去って、ドアが音をたてて閉まるのを見ていよう。あまりにもつらく寂しい結末だけど、もうどうしようもないのだから。

今の今になって、ホアキンが私の願いを叶える気になるとは、皮肉としか言いようがない。ホアキンは私を失いたくないと言った。そのためには、私と結婚することさえいとわないと。

でも、それでハッピーエンドになるわけじゃない。それどころか、また地獄のような苦しみを味わうだけだ。願いが叶って彼とずっと一緒にいられることになっても、彼の心は私の望みとはまったく違うところにあるのだから。

彼は私を求めている。私を失いたくないと思っている。でも、私を愛してはいない。結婚する気になったのも、所有欲からにすぎないのだ。弟に私を取られたくないだけ。

弟！

「ラモン！」ショックでぼんやりしていたカサンドラの頭は、一気に目覚めた。ホアキンはまだ私がラモンの愛人になったと思っている。このままほうっておくわけにはいかない。形だけにしてもまだ〝ホアキンの女〟だった私に、弟が言い寄ったなどと思わせておいてはいけない。ホアキンはそんなことを許せる人ではない。友人でさえ許せないだろうに、弟とあってはそれこそ一大事だ。

誤解を解かない限り、ホアキンはラモンと縁を切ろうとするだろう。自分のせいで兄弟がそんな仲違《たが》いをするなんてカサンドラは耐えられなかった。ホアキンにとってラモンは、父が母を裏切った証拠のようなものだった。さらには追い打ちをかけるようにもう一人、イギリス女性を母に持つアレックスという異母弟がいることもわかった。彼らはそんな複雑な関係を乗り越えて、やっと友情を築くに至ったのだ。このままではそれがぶちこわしになってしまう。ホアキンに事実をきちんと説明しなくては。

薄いローブ一枚なのもお構いなしに、カサンドラは大急ぎでドアを開け、四階の廊下に飛び出した。

「ホアキン！」

階段の上の広い空間に、自分の声だけが響き渡る。耳を澄ますと、下のほうでかすかに階段を下りる足音が聞こえた。走って追いかければ、間に合うかもしれない。

カサンドラは素足のまま音もたてずに階段を駆け下りて、つやのある木の手すりを支えに踊り場を回った。もしかしたら追いつけないかもしれないと思うと、焦りが増してくる。

「ホアキン、待って！」

階下《した》の足音がほんの一瞬動きを止めたような気がしたが、それを確かめるために立ち止まっている余裕はなかった。そんなことをしているあいだにホアキンがアパートメントの外に出てしまったら、彼を見失ってしまう。

「ああ、お願い、行かないで」

正面玄関の大理石の床に飛び下りた瞬間、背の高い黒髪の人影が、ガラスのドアを押して外に出ていくのが見えた。ホアキンだ。カサンドラは心臓が高鳴るのを感じながら、彼が勢いよく開けた反動でまだ揺れているドアに突進した。

「ホアキン！」

重いガラスのドアをどうにか開き、暗くなりかけた屋外に足を踏み出す。いつの間にか外は夕立になり、道にもアパートメントに入る石の階段にも、激しい雨が打ちつけていた。

「ホアキン、待って、行かないで！　まだ言いたいことがあるの！」

今度は間違いなく、ホアキンにカサンドラの声が届いた。

カサンドラは、ホアキンが身をこわばらせて、ほんの一瞬ためらってから、こちらを振り返ろうとするのを見た。

そのとき急に時間の流れが変わった。すべてがゆっくり動き、もやに包まれたようになった。もはやカサンドラは自分の息づかいさえ聞こえなかった。彼女は目の前で今まさに起ころうとしているスローモーションの光景を、驚愕のうちになすすべもなく見ていた。

ホアキンは駆け足で石段を下りていく。呼び止められて振り返る彼。急にくるりと振り返ったために、体が揺れる。すでに前に出していた足が石段を踏みはずし、彼の体が前のめりに倒れて……。

カサンドラは悲鳴をあげた。実際には、あげようとして口を開いたが、声が出なかった。ホアキンの体が前に投げ出され、石段の下の雨に濡《ぬ》れた歩道に真っさかさまに落ちていくところを、カサンドラは茫然《ぼうぜん》と見ているしかなかった。

ホアキンの頭は一番下の石段の角にまともにあたり、続いて体がごろりと回転して止まった。恐怖に身をすくませて立ちすくむカサンドラの目に映ったのは、ぴくりともせずに歩道に横たわり、青白い顔で雨に打たれるホアキンの姿だった。

6

ホアキンのような人に、病院という場所は似つかわしくない。

こんな狭い場所に閉じ込めておくには、彼は大きくて、力強く、エネルギッシュすぎる。日焼けしているにもかかわらず目に見えて顔色が悪く、ベッドで身動きもしないで横たわるホアキンは、少年のように弱々しくもろい存在に見えた。

カサンドラは何度同じことを考えたかわからなかった。今夜は彼女にとって人生で一番長い夜だった。

ホアキンは依然として昏睡《こんすい》状態でベッドに横たわっている。石段にぶつけた額に大きな痣《あざ》ができて、ハンサムな顔がゆがんで見えた。

カサンドラはベッドの横に腰かけて彼の手を取り、早く意識が戻るようにひたすら祈った。

「ホアキン、聞こえる？　私の声が聞こえるなら目を開けて。だいじょうぶだと合図して」

これまで当たり前のようにカサンドラのまわりにあった世界が、一瞬のうちに悪夢にすり替わってしまった。待ってと叫びながらホアキンの後ろを走っていたのに、気がついたら土砂降りの中、死んだように倒れているホアキンの横にひざまずいていた。

近くにいた警備員に救急車を呼ぶように大声で叫んでから助けが来るまでの長い長い時間、カサンドラはホアキンの顔に雨がかからないようにしながら手をさすり、だいじょうぶよ、心配しないでと話しかけた。

そのうち、帰宅途中のラモンがカサンドラを見つけた。ラモンは状況をすぐに把握して、てきぱき動いてくれた。救急車が到着し、ホアキンを担架で車中に運んで病院へ連れ去った。カサンドラも乗ろうとしたが、ラモンに止められた。

〝すっかりびしょ濡《ぬ》れじゃないか。着替えをしないと君まで倒れてしまう。ホアキンはしばらくだいじょうぶだから、君はきちんと準備してから行ったほうがいい。長い夜になりそうだからね〟

たしかにラモンの言うとおりだ。

カサンドラは急いで体をふいて、紺色のシャツとジーンズに着替えた。雨で冷えた夜気にあてられないように白いコットンのカーディガンも肩にかけて、サマーシューズを足にひっかける。ラモンはコーヒーを飲んでから出発するつもりだったが、飲み終わりもしないうちにカサンドラは準備を終えて、一刻も早く病院へ駆けつけようとした。

そのあとはまた、時間の流れがゆっくりになった。病院に着いてわかったのは、ホアキンの容体は変わっていないということだけだった。長いあいだ何かが起こるのを待ち続け、結局何も起こらないという耐えがたい時間が延々と続く。

医師の話では、ホアキンは大きな怪我《けが》は負っていない。骨折もひびもなく、外傷の面では心配ないとのことだった。ただ、頭を激しくぶつけたために、意識が戻るのに時間がかかっているらしい。とりあえず一晩は入院して、経過を見守ることになった。

カサンドラは寝ずの番を覚悟で枕元《まくらもと》の椅子に座り、ホアキンの手を取って顔から片時も目を離さずに待った。

だが、一人だったわけではない。ラモンは最初から一緒だったし、知らせを受けて、彼らの父親とホアキンの妹メルセデスも狭い個室に駆けつけた。

もう一人の異母弟アレックスは、偶然にも同じ病院にいた。初めての子を妊娠中だった妻のルイーズの陣痛が始まって、産科に入院していたのだ。知らせを聞いて、妻と兄のどちらも気がかりで狼狽《ろうばい》するアレックスに、カサンドラが助け船を出した。

「ルイーズと一緒にいてあげて。彼女にはあなたが必要なのよ。ホアキンは私たちが見ているから、だいじょうぶ。何か変わったことがあったらすぐに知らせるわ」

正直なところ、カサンドラは一人きりになりたかった。それが無理なら、寡黙で頼りになるラモンだけで十分だった。医師にはできる限りホアキンに話しかけるようにと言われている。耳だけでも聞こえてきたら、聞き慣れた声に刺激されて、意識の回復が早まるかもしれないからだ。

一週間ホアキンと会わずに寂しい日々を送ったあとだったので、カサンドラは彼に話しかける機会を与えられたのがうれしかった。

だから静かな夜の闇《やみ》に紛れて、カサンドラはホアキンに本心を語った。今の彼になら、反応を気にせずに思いのままを打ち明けることができる。カサンドラは、ホアキンが自分にとって愛であり、人生であり、生きる理由であることを伝えた。それらはすべて、面と向かっては伝えられない言葉だった。ホアキンの顔がこわばり、硬く険しい表情に変わるところなど見たくない。

声を聞いて目覚めてほしいと思う気持ちと、聞こえていたらどうしようという不安のあいだに気持ちが揺れた。しかしこのチャンスを逃したら、彼に自分の気持ちを正直に伝える機会は二度と巡ってこない。告白するチャンスは今しかないのだ。

そうやって愛を訴えていると、ホアキンの残酷なプロポーズのことがカサンドラの頭をよぎった。

〝君は僕のものだ。僕はたとえ弟であろうと、ほかの男と君を共有するつもりはない〟

大変だわ。カサンドラはあわてて部屋の隅に座っていたラモンに言った。「ラモン、あなたに話しておかなくちゃいけないことがあるの」

「あとでもいいかな？　もう夜遅いし、ちょっと疲れた。君も疲れているだろう？」

「大事なことなの」

ホアキンがカサンドラとラモンの関係を勘違いしていることを、ラモンに知らせておかなければならない。ホアキンが意識を回復したとき彼女がまたラモンと一緒にいるところを見たら、きっと一騒動あるだろう。ラモンにきちんと説明をして心の準備をしておいてもらわないと、とんでもないことになる。

「わかったよ」

カサンドラはどこから話しはじめたらいいか迷って息をついた。

「言い出せなくて困っているようだから言うけど、なんとなく気づいていたんだ」ラモンが口をはさんだ。「兄さんとはもうおしまいだと言ったとき、君は嘘《うそ》をついていたんだろう？　兄さんのほうはわからないが、君はまだ――」

ラモンは不意に言葉を切って、意識不明の兄をじっと見つめた。

「気のせいかな」

「何が？」

そのときベッドでかすかに物音がして、カサンドラはさっと振り返った。ホアキンのまぶたがぴくぴく動き、薄目が開く。と思ったら、ホアキンは疲れ切ったようなため息をついて、また目を閉じてしまった。

「ホアキン！」

カサンドラはホアキンの顔をのぞき込み、手をぎゅっと握った。

「ホアキン、聞こえる？　だいじょうぶ？」

ホアキンはそれには答えず、ふたたびため息をついた。まぶたは固く閉じたままだ。がっかりしかけたとき、ホアキンは白い枕の上の頭を少しだけ動かした。それが痛かったようで、顔をしかめ、何かぶつぶつ言うのが聞こえた。

「ホアキン？」カサンドラはまた声をかけた。

ホアキン、愛してるわ。お願い、目を開けて。そしてだいじょうぶだと私に言って……。

だが、それは言わずにおいた。

あんな別れ方をしたあとで、どうしてそんな言葉を口にできるだろう。忌まわしいプロポーズを強く拒絶したことや、そのあとホアキンがラモンのアパートメントから脇目《わきめ》も振らずに去っていったことを考えると、今さら愛しているなどと言っても受け入れられるはずがない。だから、ホアキンの意識が少しでも早く戻るようにするには、ひたすら名前を呼び続けるしかなかった。

「ホアキン？　聞こえる？」

今度はたしかな反応があった。まぶたがもう一度重そうにゆっくり開き、ホアキンの黒い瞳が心配そうにのぞき込んでいたカサンドラの青い瞳をとらえる。その視線はうつろで焦点も定まっていない。当惑したように顔をしかめたところを見ると、目は開いていても、頭はまだはっきりしていないらしい。

「ここは……?」ホアキンの声はひどくかすれていた。一言言うのが精いっぱいという様子が痛々しい。

頑丈でいつも冷静沈着なホアキンが、視点も定まらないほど弱っている。そんな姿を見るのは、いたたまれなかった。

「病院よ。転んで頭を打ったの。覚えてる?」

「いや……」

ホアキンはまた聞き取るのがやっとの小さな声で答え、額に手をやった。だが指が一番腫《は》れているところにあたったとたんに、びくっとして手を引っ込めた。

「気をつけて!」

カサンドラは反射的にホアキンの手を取ってしまってから、恐ろしい不安に駆られた。彼はどんな反応を見せるだろう。手を引っ込めたり、払いのけたりされたらどうしよう。

「そこをぶつけたのよ。たんこぶになっちゃったわね」

カサンドラがわざと控えめな言い方をすると、ホアキンの口元が少しばかりゆるんだ気がした。気のせいだろうか。ホアキンは急速に意識を取り戻しつつあるように見える。カサンドラにとってはそれがうれしくもあり、怖くもあった。早く完全に意識を回復して元気な様子を見せてほしい一方で、そのときがきたら直面しなくてはならない問題を考えると、不安がどんどんふくらんでいく。

そのときがきたら、こんなふうにホアキンと静かに向かい合うことはもうできない。彼がラモンのアパートメントでの出来事を思い出したら最後、枕元に座って彼の手を取っているることなど許されないだろう。彼はきっと、私を遠ざけようとする。それどころか、出ていけと怒鳴られるかもしれない。

「リラックスして。無理は禁物よ」カサンドラは恐る恐る言った。

ホアキンはまた目を開いた。今度は前ほど苦労する様子はなく、目の焦点も定まってきている。ここまでくればもうだいじょうぶだ。カサンドラは感激に胸が高鳴るのを感じた。

次の瞬間、その感激は無情の喜びに変わった。ホアキンはぱっちり目を開き、枕の上の頭を少し動かしてカサンドラの目をとらえた。

そしてにっこり笑った。

いつもより弱々しい笑顔だったが、その笑みはカサンドラに向けられていた。ホアキンの顔には彼女が心配していたような怒りも、拒絶の表情も表れていない。そのかわりに彼は、カサンドラに笑いかけたのだ。

「ハイ」カサンドラはそっとささやいた。

「ナースを呼んでくる」耳元でラモンの声がした。「父さんとメルセデスにも知らせないと」

「ん……」

そんな不明瞭《ふめいりよう》な音を口にするのがカサンドラにはやっとだった。濡れタオルで顔を打たれたようなショックを受けていたのだ。

ホアキンに笑いかけられたと思って大喜びしたが、私に向かって笑ったのではなかったとしたら？　ラモンは私のすぐ後ろに立っていた。ホアキンの視線の先にあったのは、ラモンだったのかもしれない。

彼は私じゃなくて、ラモンに笑いかけたのかも……。

つかの間の喜びも、あっという間に逃げていく。カサンドラの気持ちは、まるで針につつかれた風船のように急速に沈み、しまいにはすっかりしぼんで萎《な》えてしまった。

ホアキンは、またゆっくりまぶたを閉じた。寝ているのかもしれない。それともまた意識を失ったのだろうか。そっとしておいてあげなくてはいけないのはわかっている。でも、答えがはっきりしないままでいるのはもどかしかった。

ああ、早く答えを教えて！

あなたは私に笑いかけたの？　今度目を覚ましたら、さっきみたいに私がそばにいることを喜んでくれる？　それともあれは私の勘違いで、あなたはラモンを見ていたの？　またラモンのアパートメントにいたときのあなたに戻って、冷たい怒りを爆発させるの？

それとも私のことを許してくれる？

「ホアキン？」カサンドラはそっと話しかけてみた。「ホアキン、起きてる？」

「疲れた……」

ホアキンは口の中でぼそっと言った。はっきりした返事ではないものの、少なくともまわりの声は聞こえているようだ。

カサンドラは思い切って尋ねた。

「その……私は帰ったほうがいいかしら？」

眉がぴくりと動き、ホアキンは顔をしかめた。目は閉じたままだ。それ以外はなんの反応もなく、黙って横たわっている。

カサンドラが心に抱いていたかすかな期待はどんどん失われていった。あの笑顔はやはり、ラモンに向けられたものだったのだろう。

「帰ってほしい？」

あいかわらず返事はない。

カサンドラはホアキンの顔をじっと見つめた。ベッドサイドの明かりを受けていっそう高く見える頬骨の上に、黒く長いまつげが扇形に広がっている。真っ白な枕の上にあると、漆黒の髪がますます濃い色に見える。肌の色もいつもより濃いブロンズ色に見えた。

カサンドラの視線は、自然とセクシーな口元に引き寄せられた。突然、身を乗り出してその唇にキスしたい衝動に駆られた。いても立ってもいられなくなり、衝動を抑えるのに四苦八苦するはめになった。それでも、アパートメントの前で意識を失って倒れていたときのことを思えば、こうして静かに眠っているホアキンを見ていると心が安らいでくる。

鋭いまなざしがまぶたの下に隠れているせいか、今のホアキンからは危険な雰囲気が消えて、いつもよりずっと若く、優しい顔に見える。期待しすぎだとはわかっていても、こんなふうに優しい顔のホアキンなら、私に向かって笑いかけることもあるかもしれないと思えてきた。こんな彼なら、私がラモンの愛人ではないと信じてくれるかもしれない。そうしたら私たちは、もう一度やり直すことができるかも……。

だが、そんな夢を抱いてもどうしようもないことは、カサンドラ自身がよく知っていた。ホアキンが次に目を開いたときには、すべてが変わるだろう。彼の瞳の奥深くに冷ややかな光が宿り、彼の顔が厳しくよそよそしい表情に変わっていくのを見ることになる。つまらない夢なんか見ていてもしかたがないのだ。

「じゃあ、ゆっくり休んでね」カサンドラはそうつぶやいて、ホアキンの指からそっと手を引こうとした。

手が離れかけたとき、ホアキンの手が急に動いてカサンドラをどきっとさせた。

「だめだ」

ホアキンは目を閉じたまま、手探りでカサンドラの指を見つけてきつく握り締めた。そしてゆっくり目を開き、茫然《ぼうぜん》としているカサンドラをじっと見つめた。

「だめだ！」ホアキンはもう一度、今度はもっとはっきりした声で言った。

「ど、どうしたの？」

カサンドラは声の震えを抑え切れなかった。彼は思い出したのかしら？　すべてがはっきり頭によみがえったの？　カサンドラはつないだ手が震えないことを祈りながら、パニックに陥りそうになるのを必死にこらえた。

「カサンドラ、ケダ・ポル・ファボール……」

ホアキンの声がだんだん弱くなっていく。話すだけで疲れるのだろう。目がとろんとしてきて、視点が定まらなくなってきたと思ったら、ホアキンはふたたびまぶたを閉じた。

「ケダ……」

眠りに落ちるにつれて、ホアキンの手から力が抜けていった。だが、カサンドラを引き留めるために手を握っている必要はなかった。病院が火事になって部屋に煙が立ち込めたとしても、ホアキンがここにいる限り、彼女は一歩も動くつもりはなかった。ホアキンと一緒でないなら、何があろうとここを動かない。

〝ケダ〟とホアキンに言われたから。

ケダ・ポル・ファボール――お願いだから、ここにいてくれ。

カサンドラの胸は幸せではち切れそうだった。夕方には恐怖のどん底に突き落とされたが、今は幸福の絶頂にあった。

そばにいてくれとホアキンに頼まれた。それだけで十分だった。その気持ちさえあれば、またやり直せるかもしれない。永遠に失われたと思っていた二人の将来に、ふたたび希望が見えてくる。

眠っているホアキンには聞こえないとわかっていても、カサンドラは声に出して言わずにいられなかった。こんな大切な言葉を、心の中だけに留めておくことはできない。

「ええ、ここにいるわ。あなたがいてほしいと思うなら、いつまでもそばにいるわ」

すると、ずっとこらえていた涙がぽろりとこぼれた。カサンドラは涙が頬を濡らすままに、思い切り泣いた。こらえる必要はない。この涙は喜びの涙なのだから。うれしくてたまらなくて流す涙なのだから。

ホアキンはまる二日間を霧の中で過ごした。実際に起こったことと、突然陥ってしまう眠りの中で見た生々しい夢との区別がつかなかった。夢と呼ぶにはあまりにもリアルで、熱に浮かされて幻覚を見ているのかと思ってしまうほどだった。

いろいろな人が出入りしていたが、いつ誰が、どうしてそこにいたのかは覚えていない。目覚めると父やラモンが見下ろしていたり、ベッドの横の椅子にメルセデスやアレックスが座っていたりもした。アレックスが赤ん坊の話をしていたような気がする。しかし、霞《かすみ》のようにぼんやりした記憶があるだけで、くわしいことは思い出せなかった。

あるときは窓から太陽がさんさんと差し込み、かと思うといつの間にか外は真っ暗で、ベッドサイドの明かりが部屋をやわらかく包んでいたこともあった。ときたま食事も口にしたが、何を食べているのか味も感じなかった。やたらに水を飲まされ、飲んでみると口当たりがよくて驚いたことを覚えている。

そんな中、どんなときでも目を開くとカサンドラの姿が見えた。昼も夜もずっと、早朝だろうと深夜だろうと、彼女はいつもそばにいた。ベッドの脇に座っていたり、ベッドの上に腰かけていたり、黙ってこちらを見ているときもあれば、顔を見て何か語りかけていることもあった。

現実と夢の境がぼやけた世界の中で、カサンドラだけが確かな存在だった。彼女を見るとほっとする。そしていつもそばにいてくれる。

それで十分だった。

十分すぎるくらいだった。

いろいろな人に話しかけられて、何か答えたような気がするが、実際に何を言ったのかは覚えていない。だが、カサンドラにここにいてくれと頼んだことだけははっきり覚えている。

ここにいてくれと頼んだら、カサンドラはずっとそばにいてくれた。うれしかった。

三日目になってやっと、ホアキンの頭の中を覆っていた霧が晴れはじめた。突然眠りに落ちてしまうこともなくなり、視点も定まるようになってきて、人に言われていることも理解できるようになった。何よりもうれしかったのは、ベッドから出るのを許されたことだった。三日のあいだに伸びたひげを剃《そ》り、自分の服に着替えて椅子に座ると、力がわいてくるような気がした。

退院できたらもっと元気が出るに違いない。

家に帰ればカサンドラと二人きりになれる。

だが、医師たちはすぐには同意してくれなかった。「頭を強く打っているので、後遺症がないかどうか確認してからになりますね。頭を打ったときの状況を覚えていますか?」

「頭を打ったときの? 何も覚えていません。でも珍しくはないでしょう? 事故にあった人が、事故のことを覚えていないという話をよく聞きますし。頭を打った衝撃で、瞬間的に脳が動かなくなるんじゃないですか」

「そうですね。そういう場合もあります」

「僕は弟のアパートメントの外で足をすべらせて頭を打った。幸いガールフレンドのカサンドラがそばにいて、助けてくれた……それが何か?」

ホアキンは、二人の医師が心配そうに顔を見合わせるのを見逃さなかった。これは何かある。いやな予感がした。

「どうしたんです？　何かおかしいですか？」

「心配するほどのことではありません」医師の一人が言った。「ただ、もう少し質問してもいいですか？」

「いいですよ。一刻も早く退院できるなら、どんな質問でも答えます」

医師たちの質問が始まり、ホアキンはそれに答えた。ところがその受け答えに対する彼らの反応を見ているうちに、事の重大さがはっきりとわかってきて、ホアキンの頭はぐるぐる回りはじめた。

7

「お医者さんに何を言われたですって？」

全員が茫然《ぼうぜん》とする中、真っ先に口を開いたのはホアキンの妹のメルセデスだった。彼女がすぐさまホアキンに問いかけたことで、自分の動揺が目立たずにすんだことをカサンドラはありがたく思った。何しろショックのあまり頭がくらくらして、口もきけなかったのだ。

「脱落性健忘だそうだ。要するに部分的な記憶喪失だ」ホアキンはいかにもうんざりした調子で言った。いくら家族が相手でも、事細かに説明するような気分ではないらしい。

「怪我《けが》をしたときのこと以外にも、思い出せないことがかなりある」

「かなりって、どのくらい……？」カサンドラは思い切って尋ねたが、自分の口から飛び出した悲惨なしわがれ声に思わず顔を赤らめた。

「はっきり思い出せるのは、メルセデスの誕生日パーティーまでだ」

「誕生日パーティー？　あれから一カ月以上もたってるわ！」メルセデスが叫んだ。

そう、あれから一カ月近くになる。私たち二人が本当に幸せだったのはあの日が最後かもしれない、とカサンドラは思った。あの日は二人ともパーティーを心から楽しんだ。星の下で踊り、家に帰ったあとも二人だけの情熱的なパーティーが夜通し続いた。残りの夜はベッドで過ごしたが、もちろん眠るためではなかった。

それを最後に、歯車が狂いはじめた。

あれからカサンドラは、カレンダーの日付を気にするようになった。出会って一年目の日がやってくることが、ホアキンに別れを宣告される日が近づいていることが、頭を離れなくなった。

ホアキンはパーティーの日までしか記憶がないから、意識を取り戻したとき私にほほえみかけたのだ。ここにいてくれと頼んだのも、その後の記憶がないからなのだ。

あれから私たちの関係がぎくしゃくしていたことも、私に向かって〝縛られるのはいやだ〟ときっぱり告げたことも、彼の記憶から消えている。ラモンのアパートメントに訪ねてきて、私を見つけたとたんにラモンの愛人になったと決めつけたことも、石段に頭をぶつけた衝撃で頭から吹き飛んでしまった。

結局、ホアキンは私を許したわけではなかった。事実を突き合わせて考えたすえに自分の勘違いに気づき、和解の道を選んだのではない。あれだけ勇気づけられた笑顔も、私に向けられたものではなかったのだ。彼がほほえみ、ここにいてくれと頼んだのは、一カ月前の私。あれからすべてが変わってしまって、もうそんな私はどこにもいないというのに。

「つまり……」声がかすれてうまく出ない。カサンドラは乾いた唇を舌でうるおして、喉をごくりと鳴らしてからもう一度言い直した。「つまり、怪我をした日のことは何も覚えていないの？」

「ぜんぜん思い出せない」ホアキンはじれったそうに髪をかき上げた。「まったくだめなんだ。ラモンの家に何をしに行ったのかさえ思い出せない。僕たちはどうしてあそこにいたんだ？」

「どうして？」

どうしてラモンの家に行ったのか？　カサンドラはひどくあわてた。何をどう答えればいいのだろう。ラモンの家に住んでいたのを言わずにすませられるような説明は考えつかない。彼の嫉妬《しっと》心をあおらずに上手に説明できる方法はないだろうか。

「それは……」

「医者から何も話してはいけないと言われた」

ラモンの声がした。彼は廊下で医師と話をしていたのだが、幸い、ちょうどいいときに病室に戻ってきてくれた。

「何もだ」ラモンは〝わかったね〟というようにカサンドラの顔をちらっと見た。「記憶がないときの出来事を話して聞かせたり、無理に思い出させようとしたりしてはいけないそうだ。自然に記憶が戻るのを待たなくてはいけない」

「戻らなかったらどうするんだ？」

いかにも不満そうに訴えるホアキンに、ラモンはさらりと言った。「そのときはそのときだ。だが、医者は二人とも、記憶が回復するのは時間の問題だと考えている。頭を強く打つと、脳が一時的にうまく機能しなくなる場合があるそうだ。だから焦らずに、体が元に戻るまでゆっくりしたほうがいい。神経が高ぶるような行動は避けること。回復が遅れるかもしれないからね」

「まるで赤ん坊扱いだな」ホアキンは苦虫をかみつぶしたような顔をしていた。自分ほど頑丈で健康な人間はいないと思っていただろうに、意識を失って病院に運ばれたのはさぞかしショックだったに違いない。そのうえ、たとえ数日でも自分の好きなようにできないのは、彼にとって耐えがたいはずだ。

「焦る必要はないわ。たった二日でここまで回復したんですもの。一週間後にはきっとすっかり元どおりになっているわ」

カサンドラはそう言ってホアキンをなだめながらも、その日が待ちどおしくもあり、恐ろしくもあり、複雑な気分だった。

これからどんな顔でホアキンに接すればいいのだろう。彼はこの一カ月にあったことをまったく覚えていないようだが、カサンドラは忘れたくても忘れられなかった。ホアキンは二人がまだ仲良く一緒に暮らしていると思っている。仲違《たが》いをしたことも記憶にないし、ましてや彼女とラモンが浮気をしているなどという考えは夢にも浮かばないはずだ。

でも、ホアキンの記憶が戻ったら、どうなるのだろう。ほほえみかけて、そばにいてくれと頼んだ相手が、今ここにいる私ではなく、もはや記憶の中にしか存在しない私だったと知ったら？

とりあえず今は、救われた形になった。もう一度、昔に戻ることができる。もう一度、幸せだったあのころをホアキンとともに過ごせる。でも、それも長くは続かない。ホアキンの記憶はいつか必ず戻り、私たちはまた、彼が怪我をする直前のあの忌まわしい夜に舞い戻るのだ。

「わかったよ」ホアキンが渋々言った。「医者の指示なら従うしかない。ここから出してもらえるなら、なんだって言うことを聞くよ。もう退院してもいいんだろう？」

「でも、誰かに面倒をみてもらえるなら帰ってもいいって言われたのよ」ホアキンの驚く顔を見て、カサンドラは口をすべらせたことに気づいた。

「僕には君がついているじゃないか」

「私は……」ラモンにいさめるような目でじっと見られているのに気づき、カサンドラはあわてて言い直した。「そうね。もちろんよ」

だが、あの大きな屋敷で昼も夜も二人きりで過ごすのだと思うと気が重かった。とくに夜が……。

メルセデスが口をはさんだ。「よかったらうちに来ない？　いつもの部屋が空いているし、パパもきっと喜ぶわ」

カサンドラがホアキンに目を向けると、絶対行かないぞ、という顔をしていた。でも、悪い話ではない。それなら少なくとも彼と二人きりにならずにすむし、メルセデスや彼のお父さんと話をして気を紛らすこともできる。

そこでカサンドラは、急にあることを思い出した。

ホアキンの父親と妹が住む家には何度か泊まったことがあるが、ファン・アルコラールは息子とカサンドラの関係に寛容すぎるほどの理解を示した。二人はいつも同じ寝室をあてがわれ、その部屋にはベッドが一つしかなかった。〝いつもの部屋〟とメルセデスが言ったのは、あの部屋に違いない。

ホアキンの父親の家に泊まったら、ホアキンと同じベッドで寝るのは避けられない。ホアキンの屋敷なら空いている寝室がたくさんあるから、何か言い訳を考えて別の部屋に寝ることもできるだろう。

「家に帰りましょう」内心の考えが露呈しないように、カサンドラはさりげなく言った。

カサンドラの言葉に、ホアキンの顔がぱっと明るくなった。彼のそんな笑顔を最後に見たのは、いつのことだろう。カサンドラはうれしくて胸がいっぱいになった。ところが不意にあることに気がついて、思わずあっと声をあげた。

「どうかしたのかい？」ホアキンが、不思議そうに尋ねた。

「いいえ、ちょっと思い出して……」

「何を？」

カサンドラの頭の中は混乱で真っ白になった。ホアキンの笑顔を最後に見たときのことを思い出したのだが、そんなことが言えるわけはない。あれはメルセデスの誕生日パーティーの日だった。彼の記憶が途絶えたあの日を最後にホアキンの笑顔も途絶えている。そのあと、彼はゆっくりカサンドラから遠ざかり、親密だった関係が日ごとに冷えていった。このホアキンの愛情に満ちた笑顔も、記憶が戻ると同時に冷たい敵意に変わるのだろうか。

「ええと……」

「僕の家に荷物を置いてきたことを思い出したんだろう？　帰りに取りに行けばいい」ラモンがそっと口をはさんだ。そういえば、カサンドラの服や荷物はまだラモンの家のゲストルームにある。

「ええ、そうなの」

カサンドラは窮地から救ってくれたラモンに感謝の視線を送った。隠し事はできない自分の性分がいやになる。この性分のせいで、ホアキンから率直な気持ちを聞かされたとき、出ていくほかないと思ったのだ。彼の本心を知りながら、平気な顔で一緒に住み続けるこなどとてもできない。

「じゃあ、今すぐ取りに行ってくるわ」

「いや、一緒に帰る途中に寄ればいい」ホアキンが最悪の提案をした。

「町まで行って、また戻ってくるの？　それでは三十分も余分に時間がかかるわ」

「僕がホアキンを送るよ」

またもやラモンが助けてくれた。悔しくなるほどさりげない口調だ。

「僕の車のほうがカシーの車より大きいから、ゆったり座れるだろう？　カシーは一人で僕のアパートメントに荷物を取りに行ってから、直接家に向かえばいい。ほら、カシー」

カサンドラはラモンが投げた鍵《かぎ》をぱしりと受け止めて、まだ何か言いたげなホアキンを残してドアに向かった。

「じゃあ、あとでね」カサンドラは振り返りもせずにそう言うと、大急ぎで部屋を出た。ホアキンが記憶を失ったと知って以来息苦しくなるほど気を張っていたので、部屋を出られてほっとした。

手のひらに跡が残るくらいぎゅっと鍵を握り締め、病院の廊下を足早に進むうち、心臓の鼓動がどんどん速まっていった。体の中を血が駆けめぐり、あっという間にパニックが広がっていく。

これから先の何日か、いや、何週間かにも及ぶかもしれない日々を、いったいどうやってしのげばいいのだろう。そんなに長く嘘《うそ》をつきとおせるはずがないのに、医者から固く止められているから真実を打ち明けることもできない。

医者は、自然に記憶が戻るのを待たなくてはいけないと言っている。無理に思い出させるのはよくないらしい。しかも、これから先少なくとも一週間は、ストレスを避けて安静に過ごさなくてはならない。そうしなければ回復が遅れる可能性があるばかりではなく、悪化することさえ考えられる。だから彼の記憶が戻るまでは、何事もなかったような顔をして過ごさなくてはいけないのだ。言い争いをしたことも、私が出ていったことも、彼に知られないようにしなくてはいけない。

カサンドラはため息をついて立ち止まり、壁に寄りかかって両手に顔をうずめた。すべてがうまくいっているふりをしなくてはいけないのに、ホアキンが記憶を取り戻し、真実を……少なくとも彼が真実だと思っていることを思い出したら、彼は私にだまされたと思うだろう。もしかしたら、彼とよりを戻したいから真実を隠そうとしたのだと思われるかもしれない。

どっちを向いても出口は見つからない。真実を打ち明けることもできないし、打ち明けなくてもいいことはない。お先真っ暗とはまさにこのことだ。先に進むことも、後戻りすることもできず、びくびくしながらこの場にとどまって、真実が露呈するときを待つしかないのだ。

8

「一生たどりつかないかと思ったよ」

ホアキンはじれったそうに言って、足早に家に入っていった。

「安全運転にもほどがあるぞ」

「病人を乗せているんだから、慎重に運転しないとね」ラモンは澄ました顔で答えた。

「たしかに頭は打ったが、僕は病人じゃないぞ。赤ん坊みたいな扱いはやめてくれ」

ホアキンは朝のうちにカサンドラが病院に届けた黒いジーンズのポケットに手を突っ込んで、白いポロシャツの肩をいからせてラモンをにらみつけた。だが、ラモンのほうは涼しい顔だった。

「僕のせいで兄さんが病院に逆戻りなんてことになったら大変だ」

「それなら車に長く座りすぎて疲労困憊《こんぱい》する可能性を心配してほしかったね。お前の家に荷物を取りに行ったカサンドラのほうが、先に帰っているかもしれないぞ」

もし彼女に帰るつもりがあるのなら……。ホアキンの頭の片隅に、そんな言葉がちらりと浮かんだ。ついラモンに当たり散らしてしまったものの、いらだちの本当の原因がそこにあることは、自分でもうすうす気づいていた。

ホアキンはどうもカサンドラのことが気がかりだったが、なぜなのかはわからなかった。ただ、家に帰りたいと言ったときに彼女が顔色を変えたことや、まるで地獄の番犬に追い立てられたように病室を飛び出していったことを考えると、自分が覚えていない期間に二人のあいだに何かあったのだと思わずにいられなかった。

何があったか、絶対に突き止めようとホアキンは決めた。まずはラモンが帰るのを待たなければいけない。深刻な話は二人きりになってからだ。

そのとき二階で物音がしたような気がして、ホアキンは階段の下まで行った。

「カサンドラ？　いるのかい？」そう呼びかけた瞬間に、ホアキンの頭の中がざわめいた。何かがふっとひらめくような感覚だった。前にも同じことがあったような気がしたのだ。だからといって驚くには値しない。ここは僕の家なんだ。彼女を呼ぶようなことは何度でもあったはずだ。きっと気のせいだろう。

「ええ、ここよ」

気がつくとカサンドラが階段の上に立ち、ホアキンににっこり笑いかけながら下りてきた。

「上でベッドを整えていたの。シーツを替えたりして。ええ、わかってるわ」カサンドラはホアキンの考えていることを正確に言いあてた。「寝ていなさいと言ってるわけじゃないの。安静にしていればだいじょうぶ。でも、疲れたときのために一応用意だけはしておこうと思って」カサンドラはまたホアキンの顔をちらりと見て、あきらめたように言った。

「いいわ。もう何も言わない。でも、無理はしないでね。退院おめでとう」

カサンドラはホアキンに歩み寄り、彼をぎゅっと抱き締めた。だが、ホアキンが腕を回して自分のほうへ引き寄せようとすると、カサンドラはするりと身をかわすようにして離れた。

「あなたがいなくて寂しかったわ」

まったくそのとおりだ、とホアキンは思った。ほんの一瞬でもカサンドラと抱擁を交わし、彼女の体に触れたことで、自分がどれだけカサンドラを求めていたかが身にしみてわかる。

彼女の温かくしなやかな体を腕に抱き、ハーブシャンプーのにおいがする髪や、彼女がいつも使っている柑橘《かんきつ》系のさわやかな香水の香りを鼻に感じるだけで、体中の感覚がかき乱されてしまう。

だが何よりもホアキンの心を乱すのは、親密な関係にある者だけが知っているカサンドラの素肌のにおいだった。かすかにじゃこうの香りがする肌のにおいに、ホアキンは腹を足で蹴《け》られたような衝撃を受けた。突然体が燃えるように熱くなり、歯を食いしばってこらえなければならないほどの激しい欲望が突き上げてくる。

どうしようもなくカサンドラが欲しかった。病院にいたのはたったの三日なのに、まるで何週間も彼女を抱いていないような気がする。

ラモンさえいなければ、このままカサンドラを行かせたりはしない。彼女が身をかわすようなことをしても、つかまえてこの両腕に抱き締めて、容赦なく唇を奪う。そして二人ともほかのことは何も考えられなくなるまで彼女を放さない。

だが、ラモンがいるからそんなまねはできない。おとなしく笑って〝僕もだよ〟と言うしかないのだ。〝コーヒーか、いいね。喉が渇いて死にそうなんだ〟と。

本当は、コーヒーなんかどうでもよかった。

今この場でカサンドラをベッドに連れていけないなら、最高級の赤ワインが一杯欲しい。だが、そんなことを言ったら、カサンドラに叱《しか》られるに決まっている。安静にしていなくちゃだめだと言われるだろう。

誰も彼もが安静にしろと言う。安静がなんだ！

そうしなくてはいけないのは、ホアキンもわかっている。しかしカサンドラもラモンも気づいていないようだが、どのみちすでに落ち着きも冷静さも失っていた。仕事で交渉だの商談だのを経験するうちにホアキンは、心の動きを隠し、冷静で物柔らかな態度を繕えるようになった。だからといって、何も感じていないわけではない。

実際のところ、すでに今にも爆発しそうだった。一瞬にして一カ月もの記憶を失ったというのに、誰もが辛抱するのが当然と思っている。自然に記憶が戻るのを待てと言う。本当に記憶は戻るのだろうか。

ほかの人は皆その間の記憶があるのに、ホアキンにはない。いったいどんな四週間だったのか。

とっかかりさえつかめない。だが、カサンドラの様子からすると、そのあいだに何かがあったに違いないとホアキンは感じていた。何しろ今の彼女は、記憶の中にある彼女と様子がまったく違うのだ。

ホアキンが覚えているカサンドラは、こんなふうにそわそわしたり、奇妙な行動をとったりはしなかった。ちょっと抱き締めてから、気まぐれな蝶《ちょう》のようにするりと逃げたりすることもなかった。それにあの瞳。青い瞳に暗い影を宿らせている。光彩のない陰ったまなざしを見ていると、カサンドラがどこか手の届かないところに行ってしまったような気がしてきた。

だが、それも思い違いなのかもしれない。

ホアキンはいらだった。これでは何もわかりはしない。勝手な想像をして、ありもしないことを心配しているだけかもしれないのに、真実を正そうにも質問さえできない。自然に記憶が戻るのを待たなくてはいけないのだ。

そのときには何を知ることになるのだろう。

「ホアキン？」

カサンドラが居間のドアの横に立って、心配そうに見ている。いったいどのくらいここに立ったまま、物思いにふけっていたのだろう。

ホアキンは苦労のすえ、やっとのことで頭を切り替えた。「すまない。今までの一カ月間もここに住んでいたはずなのに、覚えていないというのはなんだか変な感じなんだ」

「わかるわ」彼女は余計なことはいっさい言わない決心らしい。「こっちでコーヒーを一緒にいかが？　ラモンが長くはいられないって言ってるの」

ホアキンからすれば、今すぐにでも弟に帰ってほしかった。ラモンが番犬のように目を光らせて、会話に耳を澄ませているあいだは、カサンドラが口をすべらすこともないだろう。答え探しはラモンが帰ったあとだ。それまでの時間が、果てしなく長く感じられる。


もっと長くいてほしかったのに、あっという間に帰ってしまったわ。そう思いながら、カサンドラはラモンの車を見送った。やがて車は完全に視界から消えた。カサンドラはしかたなく家に入り、ゆっくりドアを閉めた。

カサンドラは飲み物のおかわりや食べ物をすすめてできるだけラモンを長く引き留めようとした。しかし、ラモンが帰りホアキンと二人きりになるときがくるのは避けようがなかった。これからどんな態度で彼に接すればいいか、見当もつかない。

いったいどんな顔をしていればいいのか。ホアキンと目を合わせるのが怖い。彼の目にどんな表情を見ることになるのだろう。そして、彼は私の目の中に何を見るだろう。

私の目を見て、二人のあいだに立ちはだかる秘密の存在に気づくかもしれない。そうしたらホアキンは、何もかもきき出すまで私を追及しようとするだろうか。それとも、真実を隠したり、質問をはぐらかしたりする私を黙ってじっと見守って、私がいつか耐えられなくなって自分からすべてを語る日を待とうとするのか……。

ある朝目覚めると、ホアキンの記憶がすっかり戻っている可能性も十分考えられる。それは明日の朝かもしれない。一カ月分の記憶がそっくり元に戻ったら、彼はどんな顔をするだろう。非難されるのは間違いない。でも、どんなふうに？　彼は私の説明を聞こうとするだろうか。

そんな緊張状態の中で、どうやって暮らしていけばいいのだろう。一寸先には闇《やみ》が待っている一日一日を、どうしのげばいいのだろう。

それに夜は？

この問題を考えるには、もっと勇気が必要だ。カサンドラはホアキンが待っている部屋には戻らずキッチンに行き、いつでもできるような片づけに精を出して時間を稼いだ。いつもは食器洗浄機に入れているコーヒーカップをわざわざ手洗いし、夕食のサラダをこしらえる。手が届く場所はどこもかしこもぴかぴかにふき、床掃除にかかろうとした。

「僕を避けているのかい？」

開けっ放しのドアのほうからホアキンの声がして、カサンドラはぎくっとした。穏やかな声だが、どこか不穏な響きがある。

びくびくしているせいかもしれないが、戸口に立つホアキンにカサンドラは脅威を感じた。額一面に広がる痣《あざ》はすでに色が引いてきて、中央が薄紫色になり、周囲は黄色っぽくなっている。それもあって、いつもより迫力がある顔つきだ。

「避ける？　ま、まさか。私がどうしてそんなことをするの？」

「こっちこそききたいね」

これは間違いなく挑戦だ。カサンドラは心臓の鼓動が速まるのを感じた。

「食事の支度をしていたのよ」

「正直言って食欲がないんだ。もっと強い欲求が二つあるんでね」

「二つ？　何かしら」どうして尋ねたりしたのだろう。ホアキンの鋭い瞳や抑制のきいた表情を見れば、答えは想像がついたのに。

「一つは、真実への欲求」

「だめよ、私は何も教えられないわ。お医者さんから言われているのを知っているでしょう？　待つしかないのよ」

「わかってる。記憶が自然に戻るのを待つんだろう？」

　ホアキンの声には、背筋がぞくっと寒くなるような何かがあった。カサンドラはあわててキッチンのカウンターに目を落とし、すでにぴかぴかの場所を布で懸命にこすりはじめた。

「それでもう一つは？」

「ああ、カサンドラ。わかっているだろう？　君が欲しくてたまらないんだ」

　カウンターをふくカサンドラの手がぴたりと止まった。カサンドラは手の中の布をじっと見下ろしたが、目の前は真っ暗だった。

　たしかにホアキンの言うとおり、彼がそう思っていることはわかっていた。でもこんなに早く求められるとは思っていなかった。カサンドラはどうしていいのかわからなかった。

「それはちょっとまずいんじゃないかしら」

　カサンドラがまたカウンターをこすりはじめると、ホアキンはその手を押さえて止めさせた。彼の力強い褐色の指に手をつかまれた瞬間、カサンドラは飛び上がりそうになった。

「どうしてだ？」

　カサンドラは顔をそむけたままちらりとホアキンを見たが、彼の鋭い黒い瞳と視線が合うと、思わず目をそらしてしまった。心臓が早鐘を打っている。急に手をつかまれて驚いたからではない。彼の大きな体がすぐそばまで迫っているせいだ。

触れ合った腕に、彼の皮膚の熱を感じる。彼の体は首筋に息がかかるほど近くにあって、あたりを清潔な男らしいにおいで包んでいく。

「そ、そのくらいわかるでしょう？」

「いや」

ホアキンはカサンドラの手から布を取り、流しに向かってぽいと投げると、腕をつかんで自分のほうへ向き直らせた。カサンドラは彼と目を合わせられなくて、白いポロシャツの襟に目をこらした。開いた襟のあいだから褐色の肌がのぞき、がっしりした喉から広い胸のあたりまで見えている。

たったそれだけのことなのに、彼に触れたくて指がうずうずしてくる。シャツの襟から手を入れて、この温かい絹のような肌にさわりたい。少しだけ頭を前に傾ければ、褐色の肌に覆われた固い筋肉を唇に感じることができる。だが、そうするわけにはいかないのだ。

「どうしてだめなのか言ってくれ。医者の指示は言い訳にならないぞ」

カサンドラはぱっと顔を上げ、鋭い目でホアキンをにらんだ。身を離そうとしたが、背中に回った彼の腕に突きあたった。ここでさらにもがいたら、今は軽く組まれている彼の腕に力がこもるだろう。力では勝ち目がないし、そんな危険を冒すわけにもいかない。彼の腕にとらえられたりしたら、自分がどうなってしまうかわからなかった。

「ひどいわ。言い訳なんかじゃないことはあなたも知ってるでしょう？　お医者さんの話を出さないで、どう説明すればいいと言うの？　私が世話をするって約束したから退院させてくれたのよ。だから、お医者さんの指示は守ってもらわないと困るわ」

ホアキンの沈黙は、カサンドラをますます不安にさせた。いぶかしげに細めた目が長いまつげのあいだから鋭い光を放ち、口元からは笑みが消え、固く一本の線に結ばれている。これ以上刺激するのはよくないと思いながらも、カサンドラは引かなかった。今は自分の心配をしているときではない。彼の体の心配のほうが先だ。そのためなら、一歩も譲らない覚悟はできていた。

「無理をせず、安静にしているように言われたでしょう？　それをきちんと守ってもらうのが私の役目なの。今あなたが考えていることは、安静とはかけ離れているわ」

ホアキンの目にゆっくり輝きが戻り、セクシーな口元にいたずらっぽい笑みが広がった。

「何も無理をする必要はないさ」

彼の大きな手が背中を離れ、髪をそっとなでる。そんな優しい仕草にカサンドラは心をかき乱された。

「ゆっくり時間をかけよう」

ホアキンの頭が徐々に傾くのを見て、キスの予感にカサンドラの心臓は止まりそうになった。彼はこめかみに小さくキスをした。それから耳にもう一つ、そして頬に一つ。彼女の体はだんだん力を失い、意思に反して彼のほうへゆっくり倒れていく。

だが、ゆっくりした巧みな誘惑とは反対に、彼の黒いジーンズが猛々《たけだけ》しいほどの欲望にふくれ上がっているのを知って、カサンドラは我に返った。

「ホアキン……」

カサンドラはやっとのことで抵抗の声をあげた。なんとかやめさせなくては。そうするしかないのだ。

「カサンドラ、いとしい人《ケリーダ》。僕は何も無理をする必要はないんだ。ベッドに行こう」

ホアキンの唇はカサンドラの顎のラインをくすぐってから、唇へ向かった。ゆっくり堪能《たんのう》するようなキスの合間に、舌が唇の輪郭をたどっていく。

「医者だって、早めにベッドに行くことは反対しないだろう?」

「だめよ……」カサンドラはもう一度抵抗を試みたが、まったく力のこもらない情けない声しか出なかった。

「あとは君にまかせるよ」

ホアキンは、困惑しきったカサンドラの瞳に向かって、官能的な笑みを投げかけた。

「君にすべてを託そう。僕はただ横になって、スペインの大地に思いをはせるんだ」

脳裏に恐ろしく官能的な光景が浮かび、全身がかっと熱くなる。カサンドラはめまいに襲われて思わず目を閉じた。それは逆効果でしかなかった。

まぶたの裏に、生々しい光景が浮かび上がってくる。ベッドに横たわるホアキン。彼の上にまたがるカサンドラ。二人とも裸で、ホアキンのがっしりした褐色の体と絡み合う彼女の肌は、真っ白に浮かび上がって見える。

「ホアキン！　お願い、やめて！」

「やめられるなら、やめてごらん」ホアキンは甘い声でささやいた。君にはやめられるはずがないという自信が感じられる。

ホアキンのほほえみを頬に感じた次の瞬間には、彼の唇が優しくカサンドラの唇を包み、それからゆっくりと首筋へ下りていった。Vネックのワンピースを着ていたせいで、首筋と肩の感じやすい場所に唇が届いてしまう。ホアキンはそこを見逃さなかった。

ホアキンの手も、攻めるべき場所を心得ていた。女らしい腰の丸みをたどり、手を上にすべらせるようにしながら、カサンドラをさらに引き寄せて高ぶる欲望のあかしを押しつける。彼の巧みな指は、ふっくらした胸のふくらみに到達すると、薄いコットンドレスの上からそっと輪を描くようにして、敏感になった先端を刺激した。

「ホアキン……」

ため息ともつかない声が出た。カサンドラは、自制心がだんだん失われていくのを自分でも感じた。

ホアキンにもそれが伝わったらしい。カサンドラの肩の後ろでふっと笑う声がした。感じやすくなった肌を彼の歯がかすめ、カサンドラはぶるっと身震いした。

「止めるなら今のうちだ」ホアキンの声はぐもりかすれていた。彼もぎりぎりのところで自分を抑えているに違いない。「僕を本気で止めたいと思っているなら、これが最後のチャンスだぞ。このチャンスを逃したら、もう後戻りは無理だ」

最後のチャンス？

ぼんやりした意識の中で、カサンドラはホアキンのかすれた声を聞いた。

本気で止めたいと思っているなら？　ああ、そうだったわ。彼を止めなくちゃ。

でも、本当に止めたいの？

止めなければいけないのはカサンドラ自身わかっていた。ここで誘惑に屈したら、危険な領域に足を踏み込むことになる。これまで以上に事を複雑にさせてはいけない。

だが、言うべき言葉が見つからない。

全身の感覚をかき乱されてしまったせいで、頭が働くのをやめてしまったようだった。冷静な思考も防衛本能も、この強い欲求には太刀打ちできない。一週間ホアキンと離れて暮らして、彼を求める気持ちが飢餓に近い状態に達していたのかもしれない。

「やっぱり思ったとおりだ」

ホアキンの吐息まじりの甘い声は、カサンドラの体にさざ波のような震えを走らせた。いっそ、このまま欲望に身をまかせてしまえば……。ぼうっとしたまま、カサンドラは目の前の日焼けしたハンサムな顔に焦点を合わせた。

するとと額一面にさまざまな色となって広がる大きな痣が目に入り、カサンドラは突然目が覚めた。

「だめ！」

言うべき言葉が自然に口をついて出た。言葉と同時に、カサンドラの体もホアキンの腕から逃れようともがいた。

「だめよ、ホアキン。いけないわ！」

ホアキンの黒い瞳に、さっと険しい光がさした。「だめ？　どうしてだ？」

ホアキンが驚いて手をゆるめたすきに、カサンドラは身を振りほどくようにして彼から離れ、無我夢中でキッチンの反対側に向かって走った。気がつくと、ホアキンとダイニングテーブルをはさんで向き合っていた。ホアキンが怖かったわけではない。もう一押しされたら誘惑に屈してしまうことがわかっていたから、本能的に距離を取ろうとしたのだ。

「カシー？」

いったい何がどうなっているんだ、とホアキンは自問した。なぜ彼女は急に気を変えて、こんな行動に出るんだ？

こんなことは今までなかった。カサンドラは思わせぶりな態度でじらす女ではない。少なくとも、ホアキンが知っているカサンドラは、じらして気をもたすような女ではなかった。

この一カ月のあいだにいったい何があったんだ？　何か重大な事件でもあったのだろうか。知らないではすまされないような何かが。

強く頭を打ったとはいえ、以前のカサンドラをホアキンは覚えている。これまでカサンドラに拒まれたことは一度もなかった。だからこそ、最高の相手に巡り合ったのだと思っていた。

それがたった一カ月のあいだに変わるものだろうか。

「いったいどうしたんだ？　なぜベッドに行ってはいけない？　僕たちは一緒に住んでるんだぞ」

「だめなのよ」

青白い顔と陰った瞳は、カサンドラが本気であることを物語っていた。彼女は真剣だ。ひどく震えている。

ホアキンは一歩踏み出してから、すぐに足を止めた。カサンドラが一瞬後ずさろうとしたのに気づいたからだ。意識的に抑え込む前のほんの小さな動きだったが、ホアキンは茫《ぼう》然《ぜん》と立ちつくした。カサンドラがおびえているのを見たのは初めてだった。それとも、記憶にないだけなのだろうか？

「なぜだめなんだ？」ホアキンは少し声をやわらげて、もう一度尋ねた。

「だって……お医者さんに約束したんですもの。きちんとあなたの面倒をみるって。約束を破るわけにはいかないわ」

「本当にそれだけなのか?」

たったそれだけのことで、こんなに動揺するのはおかしくないか? さっき退院したばかりなのにもうお医者さんとの約束を破って、あなたに無理をさせたりしたら、そうしたら……」

「決まってるでしょう? ほかにどんな理由があるって言うの? さっき退院したばかりなのにもうお医者さんとの約束を破って、あなたに無理をさせたりしたら、そうしたら……」

「わかった、わかったよ」カサンドラがだんだん取り乱すのを見て、ホアキンはあわてて口をはさんだ。「そんなつもりじゃなかったんだ。ああ、カサンドラ。悪かった。僕が無神経だったよ」

「そうよ。本当に無神経だわ!」カサンドラは言い返したが、さっきより肩の力が抜けてリラックスした様子だったので、ホアキンもほっとした。「体で神経が通っている場所は一箇所しかないみたいね!」

カサンドラの視線がホアキンの下半身に向けられると、ホアキンはうれしさと苦悩を同時に感じた。これまで何度もベッドをともにし、快楽を分かち合ってきた彼女が、今も変わらず開放的でセクシーな女性だとわかってうれしかったのだ。

だが、興奮しきっていた体を意志の力で静めようとしているときにそんな視線を向けられたせいで、またもや欲望の炎が燃え上がってしまった。まるで地獄の責苦だ。

そのとき突然、ホアキンは彼女の気持ちを身をもって理解した。激しい欲望をぎりぎりのところで抑えなければいけなかったのは、カサンドラも同じなのだ。彼女も欲望をかき立てられていたのは間違いない。体からだんだん力が抜けていき、最後には僕に寄りかかるようにして立っていたし、キスをすると唇を開き、僕に負けないくらい情熱的なキスを返してくれた。

彼女だって僕が欲しかったんだ。なのに、体が満たされないまま身を離すのは、さぞかしつらかっただろう。そんな思いをしながらも途中でやめたのは、僕の体を案じたからなのだ。カサンドラが怒るのも無理はない。

「すまなかった。君の言うとおりだ」

ホアキンは本心からそう言った。頭がずきずき痛みはじめたのは、欲求不満のせいばかりではないらしい。自分では無理はしていないと思っていたが、やはり彼女のほうが正しかったのだろう。

「食事にしよう」

カサンドラは目をぱっと見開いて、ひどく怒った顔つきになった。少なくとも今回は、彼女が怒る理由がわかっていたため心配はなかった。ホアキンが急に聞き分けがよくなったわけを、彼女はすぐに見抜いたのだ。

「思ったとおりだわ！　だから言ったでしょう？」

「ああ」ホアキンは渋々認めた。「君の言ったとおりだったよ。しばらくプールサイドで休んでもいいかな」

「ええ、そうしてちょうだい」

「あんまりいばらないでくれよ」

カサンドラの顔に笑みが広がった。「あら、いばっているように見えるかしら？　私の言ったとおりだったとおわかりいただければ、それで十分満足よ。さあ、向こうで座って休んでて」

「わかったよ、お嬢さん《セニョリータ》」

ホアキンは、おどけた返事をした。そんな明るい気分だった。これこそ僕が知っているカサンドラだ。前に見せた不可解な態度は、まるで知らない女のようだった。

それとも、不可解な態度をとっているのは、僕のほうなのだろうか。もしかしたら事故のショックで一時的に頭がおかしくなっているのかもしれない。変わったのはカサンドラではなくて、僕のほうなのだろうか？

「今日は、これから寝るまで君の言うとおりにするよ。医者の指示を厳密に守ると約束しよう」

「それが信じられるなら苦労はないわ」

どうやらカサンドラはまだ疑っているらしい。僕が本気だということを、そして彼女の協力に感謝していることを伝えておかなければ。

ホアキンはカサンドラに歩み寄り、顎に手をかけて大きなブルーの瞳を真っすぐにとらえた。

「信じてくれ。約束する」

約束の印のつもりで、ホアキンはカサンドラの唇に軽くキスをした。そしてすぐに後悔した。キスをしたとたん、力ずくで抑えていた欲望がむくむくと頭をもたげて、ふたたび一触即発の状態になってしまったのだ。

早く向こうに行って頭を冷やしたほうがいい。彼女の言うとおりにすると約束したのだから、意地でも守らなくてはいけない。

ホアキンは必死で自分を抑えつつ最後にもう一度カサンドラの目を見つめ、ちょっと上向きのかわいい鼻にさっとキスをしてからその場を離れた。

夕暮れどきの暖かい外気に足を踏み入れながらふと後ろを振り返ると、カサンドラはまだ同じ場所に立ち、ふっくらした唇に指をあててこちらを見ている。

その表情を見て、ホアキンはまた得体の知れない不安に襲われた。ようやく心の平和を勝ち取ったと思ったばかりなのに、あっという間に希望がしぼみ、朝からずっと悩まされ続けてきた疑惑と危機感がよみがえった。

どうして指も切らず、フルーツサラダに塩を振ることもなく料理を作れたのか、カサンドラは自分でもわからなかった。料理に専念することなど不可能だった。しかもこんなことは序の口なのだと思うと、ますます気が滅入《めい》る。

今日はなんとかしのげた。しかし次は同じようにはいかないだろう。

今回限りで終わるわけがないのだから、同じ問題はまた必ず降りかかる。今日は事故から間もないこともあってホアキンも最後には気を変えたが、なんでも素早くやってのける人だから怪我《けが》の治りも早いだろう。額の痣も何日もしないうちに消えるに違いない。それに彼が記憶を失っているというのも大問題だ。彼の記憶が戻るまで、しばらくは八方ふさがりの状態から抜け出せそうにない。

自分がどれだけ苦しい状況に置かれているか、カサンドラがようやく身をもって実感したのは、一日も終わりに近づいたときのことだった。少しずつ気をゆるめ、最後にはリラックスしていただけに、痛烈なパンチをくらった気分だった。

ホアキンは約束を厳密に守った。〝君の言うとおりにするよ〟という言葉を忠実に守ったのだ。

カサンドラが食事の用意ができたと告げると、ホアキンは食卓に皿を運ぶのを手伝った。出された料理を食べて、自分はミネラルウォーターを飲みながら、彼女にはワインを注《つ》ごうとした。カサンドラはそれを断った。ワインで緊張をやわらげたくもあったが、冷静な思考力を失うわけにはいかなかったし、何よりも、ほろ酔い加減で余計なことまでしゃべってしまうのが怖かったのだ。

だが、ワインの助けを借りる必要はなかった。ホアキンは終始あたりさわりのない話題を持ちかけて、カサンドラに気まずい思いをさせないように努めた。だからといって他人行儀ではなく、濃密な関係にある愛人同士だというそぶりも見せなかった。彼がうまい具合にバランスを取ってくれたため、お互いの内心を探り合うようなことも、言葉を選んだり隠し事をしたりする必要もなかった。

ホアキンの気配りが実は危険信号だったことにカサンドラが気づいたのは、すでに時遅く、ベッドに入ったあとだった。ホアキンが慎重な態度を見せたのは、彼女の不安を敏感に感じ取りながら今夜はそれを見逃そうと決心していたからだったのだ。

しかし、食卓を囲んでいるあいだは、カサンドラの頭にそんな疑念はまったくなかった。楽しいひとときが過ごせてほっとしていたカサンドラは、ホアキンのまぶたが重くなり、椅子に座った体から力が抜けていくのを見て、自然に頭に浮かんだ言葉を言った。「疲れているんでしょう？ もうベッドに行ったほうがいいわ」

ホアキンはゆっくりうなずいた。「そうだな、そうするとしよう」やはり相当疲れていたに違いない、とカサンドラは思った。

「じゃあ、私はここを片づけてから上に行くわ」

ホアキンはふたたび抵抗もせず従った。あっけないくらい簡単だ。これから先もこううまくいくとは思えないが、カサンドラは今夜は先のことを考える気にはなれなかった。退院直後のホアキンほどではなくても、カサンドラもかなり疲れていた。七十二時間ものあいだ、根をつめてホアキンの枕元《まくら》でじっと彼を見守っていたのだ。病院でも、一時的に戻ったラモンのアパートメントでも、ほとんど寝ていない。その疲れが今になって出てきたらしい。

カサンドラは伸びをして、大きなあくびをしながら電気を消すと、ふかふかのベッドを目指して階段を一段一段上った。もうホアキンは眠っているだろう。ひどく疲れた顔をしていたから、横になると同時に寝てしまったに違いない。

上り切って廊下を歩き出したとき、黒い大きな人影が目に入った。暗闇の中、壁にもたれるようにして立っている。カサンドラはぎょっとして立ちすくんだ。

「ホアキン！　ああ、びっくりしたわ。どうしたの？　どこか悪いの？」

「さあ、どうだろう」ぞくっとするほど冷たいホアキンの声に、カサンドラは全身から血の気が引いていくのを感じた。「これはどういうわけなんだ？」

ホアキンはゆっくり体を起こして目の前のドアを足で蹴った。急ごしらえの寝室のドアだった。こんな状態でホアキンの横に寝ることなど考えられなかったから、今夜はこの寝室で寝るつもりだったのだ。

ドアがゆっくり開き、部屋の中があらわになった。ベッドの上にはナイトドレスとバスローブが広げられ、鏡台には化粧ポーチが置いてある。そんな用意をする理由は、誰にだってすぐにわかるだろう。ただ一つ、ラモンの家から持って帰ってきたスーツケースをワードローブの隅に隠しておいたことだけが、せめてもの救いだった。病院から戻って片づけている最中にホアキンとラモンが帰ってきたので、あわてて隅に押し込んだのだ。これでとりあえず、彼と共有していた寝室から私の持ち物が消えていることは、知られずにすむはずだ。

「それは……」カサンドラは言いかけたが、声がうまく出なかった。

「それは?」ホアキンは冷静ながらも怒りを封じ込めたような顔をしている。「これはどういう意味なんだ? 説明してくれるんだろうね?」

「ええ、もちろんよ」

ナイトドレスがベッドに置いてあるのを見られては、しらを通せるわけがない。カサンドラは覚悟を決めて強気な態度に出た。

「まともな頭で考えれば、どういう意味かぐらいわかるでしょう?」

ホアキンはカサンドラをにらみつけた。「また医者の指示を持ち出すつもりか?」

「そのとおりよ! こうするのが一番だってことは、あなたにもわかっているはずよ」

ホアキンはまだ納得がいかない様子だったが、カサンドラは思い切って続けた。

「まだ退院したてなのよ。誰にも邪魔されずにゆっくり寝なくちゃいけないわ」

「君がいると邪魔になるのか?」

「そうかもしれないわ。私がいると眠れなくなるかもしれないでしょう? ああ、ホアキン! 言われたとおりにするって約束したじゃない」

「たしかにそうだが、これはあまりにも……」

ホアキンは言いかけて、渋い顔でカサンドラを見た。彼があくまで一緒に寝ると言い張ったらどうしよう、とカサンドラは思った。彼女は息をつめてホアキンの答えを待った。

だが、どうやらホアキンは予想以上に疲れていたらしい。カサンドラが説得しようと口を開きかけると、彼はふっと息をついてあきらめたように肩をすくめた。

「まあ、いいか。君が医者にそう指示されていたなら従うしかないな」

「そうなのよ!」カサンドラは大きくうなずきながら、嘘《うそ》をついたことに心がちくりと痛んだ。

「約束だしな」

「そう、約束したわ」

ホアキンは寝室の様子をじっくり眺めていたが、ようやくカサンドラのこわばった顔に目を戻した。

「ああ、約束は約束だ。今日のところは従おう。ただ、これだけは言っておく」

カサンドラは身を固くしてホアキンの次の言葉を待った。

「今晩は我慢しよう。だが本当に今晩だけにしてくれよ。明日からはまた一緒のベッドで寝てほしい。それがだめなら、もう少しましな理由を用意しておくんだな」

9

家に着いたとき、ホアキンは今日こそ決着をつけてやると意気込んでいた。何も尋ねず、説明を強要することもなく今日までやってきたが、無為に時間だけが過ぎていった。今夜こそ真相を突き止めてやる。我慢ももう限界だ。

今日はぶどう園の一つを訪ねて一日過ごしてきた。募るばかりの不安や疑惑をなんとか紛らわせようと出かけてみたものの、ぶどうのできやブレンドの話をしているあいだも、焦燥感は増すばかりだった。何をやっても、この不安から逃れることはできそうにない。

退院した日の夜にカサンドラに対してあんな挑戦的な予告を突きつけたのは失敗だった。実は、きつい目でにらみ返す彼女を見たとたんに後悔した。おかげで疲れ切っていたのにあの晩はろくに眠れなかった。

記憶がない期間にカサンドラとのあいだに何があったにしろ、彼女を責めたり脅したりしていいことはない。こんなやり方を続けていたら、自分から破局を招くはめになる。

だからホアキンは作戦を変えた。彼女がどこまで意地を通すか見てやろうという気になったのだ。そして、次の朝、彼女にそれを伝えた。

"ゆうべは勝手を言ってすまなかった。君は僕の体を心配して、医者の指示に従っていただけなのに。君には本当に感謝してるよ〟

もう少し熱を込めて言えたらよかったのだが、心の底からそう思っているかといえば嘘《うそ》になる。どんな理由があれ、別の部屋で寝るというのはやりすぎだとホアキンは思っていた。

そんなわけで、言葉とは裏腹に冷たく硬い声が出た。これではカサンドラも納得しないだろう。

思ったとおり、カサンドラは顔をこわばらせて唇をぎゅっと結んだ。一瞬怒って言い返すつもりかと思ったが、彼女の声はあくまで冷静で、よそよそしくさえあった。〝そう言ってもらえるとうれしいわ。あなたの体が心配なんですもの〟

〝ああ、わかってるよ。今後は君を困らせるようなことはしないようにする。君が別の部屋で寝たほうがいいと言うなら、とりあえずは言うとおりにしよう。君のためにね〟

〝私のため？〟カサンドラは驚いて顔を上げた。

〝僕の体によくないことをしろと言われたら、君が困るだろう？〟ホアキンはわざと少し嫌みっぽく言った。ホアキンの体が心配だという彼女の説明は、疑わしいと思っていたのだ。言いたいことがあるなら、今すぐ打ち明けてほしかった。

〝だから、その判断は君にまかせるよ。気が進まない相手を無理やりベッドに連れ込むようなまねはしたくないからね。僕のほうはいつでも喜んで応じるよ。だが、君が同じ気持ちになるまでは無理強いするつもりはない〟

〝それはどうも〟カサンドラはさしてうれしくもなさそうに言った。魚屋で買い物でもしているような気の入らない返事に、ホアキンはまた疑念と怒りが頭をもたげるのを感じた。

〝僕がここまでするのは、君なら待つかいがあるとわかっているからだ。どんなに強く頭をぶつけても、それだけは忘れないだろう。僕たちのあいだには何か特別な結びつきがある。これは、誰とでも経験できるようなことじゃないんだ。焦りすぎたために、それが味気ないものになってしまったら元も子もないだろう？〟

〝もちろんよ〟

今度のカサンドラの声には明らかな反発が感じられた。ホアキンは問いただしたい気持ちをぐっとこらえた。冷静に徹するつもりだったのに、いつの間にか感情のコントロールを失いそうになっている。しかも、特別な結びつき、と言ったとたんに二人の親密な場面が強烈なイメージとなって頭に浮かび、下半身が熱くなってしまった。そんな中で頭を冷やし、冷静さを取り戻すのは至難の業だ。完全に自制心を失う前に、この場を離れるしかない。

〝じゃあ、決まりだ。とりあえずは待つ。だが、永遠に待てるわけじゃないぞ。君は僕の恋人だ。一つのベッドで寝るのが当然だろう？〟

ホアキンは本能的な衝動と闘いながら、言い放つようにしてその場を離れた。それができたのは、待つという約束は誠意のジェスチャーのようなもので、実際に待たされるはずはないという確信があったからだった。

ホアキンは、彼女のほうこそそんなに長く待てるわけはないと思っていた。カサンドラは情熱的な女だ。ホアキンが彼女を求める以上に、彼を求めてくる。今晩にもカサンドラは彼のベッドにやってくるだろう。

もしかしたらすぐには来づらくて、明日まで待とうと思うかもしれない。明日か、あさってだ。それ以上はありえない。

そう思い込んでいたものだから、予想が裏切られたときにはホアキンはひどいショックを受けた。カサンドラは待てないどころか、永遠に待っても平気らしい。

カサンドラはいつももっともらしい理由を並べた。疲れた顔をしているわね。今日は本当に忙しかったわ。なんだか頭が痛くて。昼間はあなたの面倒をみなくちゃいけないから、ほかのことを今のうちに片づけておくわ。もうだいじょうぶだから面倒をみる必要はないとホアキンが言っているのに、カサンドラはそんなことまで言い訳にするのだ。

今日で退院して一週間になる。体調はすっかり戻り、記憶障害以外は後遺症もない。頭痛もなくなったし、痣《あざ》もほとんど消えた。体調が万全なだけに、ホアキンの欲求不満は募るばかりだった。

ところが今朝になり、退院後初の出社に備えてスーツに着替えていると、ジャケットのポケットが小さくふくらんでいることに気づいた。なんだろうと思って中を探り、手に触れたものを取り出した。

手の中のものに、ホアキンは天地がひっくり返るほどの衝撃を受けた。肩をつかまれて目が回るまで揺さぶられたようだった。これは何から何まで考え直す必要がある。記憶から消えた四週間は、想像とはまったく違うものだったらしい。

もうこれ以上待つことはできない。今夜もカサンドラがベッドに来そうもなかったら、理由を問いただざなくてはいけない。

「カサンドラ！」

家に入ると同時に、ホアキンは叫んだ。

「カサンドラ、どこだい？」

返事がない。

そのとき、頭を針でちくちく刺されるような奇妙な感覚に襲われて、ホアキンは思わず壁にもたれた。

まただ。退院して家に着いたとき、これとまったく同じ感じに襲われた。記憶の切れ端のようなものが、意識の下でうごめいている感じがする。

ホアキンは首を振ってもう一度叫んだ。

「カシー！」

「こっちよ！」

居間のほうからカサンドラが叫んだ。どういうわけか彼女は二階にいると思い込んでいた。階段へ向かいかけていたホアキンは、声のするほうへ向かっていった。

「どうだい、今夜の食事は外で——」

カサンドラに片手で制されて、ホアキンは口を閉じた。彼女は誰かと電話中だった。

「ええ、帰ってきたわ」どこか気まずそうな言い方だ。

ホアキンはまた不安になった。もう一週間も、何かがおかしいんじゃないか、それとも気のせいだろうかと気を揉《も》んできた。なのに医者に止められているから尋ねることもできない。おかげで、なんでもないことにも過敏になってしまうのだろう。

「誰だい？」

「ラモンよ。これから来てもいいかって」

「だめだ！」

自分でも驚くほど力がこもった声が出た。ホアキンは、今夜はカサンドラと二人きりで過ごすつもりだった。弟であっても邪魔してほしくない。

「来てもらったらいいじゃない」

「だめだと言ってるだろう?」

「でも、ラモンはあなたのことが心配なのよ」

またしても、何か裏があるのではないかという疑念がホアキンを襲った。ラモンには、僕のことを心配しなくちゃいけない理由があるのか? それをカサンドラも知っていて、知らないのは僕だけなんだろうか?

ああ、疑い深いのもここまでくると病的だ。

「心配する必要はないと伝えてくれ」

「でも、ラモンは……」

「だめだと言ったら、だめなんだ」

カサンドラはしばらくセクシーな唇をこわばらせてホアキンの顔を見つめていたが、やがてあきらめたようにため息をついて口をへの字に曲げた。

「ラモン、聞こえたかしら?」カサンドラは受話器に向かって言った。「お客様はお断りですって。ええ、もちろんよ。わかってるわ。私もよ」

まるで二人で内緒話をしているような話し方にかっとし、ホアキンは彼女の手からさっと受話器をひったくった。

「カサンドラも僕も、来客の気分じゃないんだ。今夜はもちろん、当分遠慮してくれ」

それだけ言うとホアキンは電話をたたきつけるようにして切った。カサンドラが青い瞳をぎらぎら光らせて怖い顔で見ている。

「どういうことなの？」

「来客の気分じゃない」

「ええ、それは聞いたわ。でも、私がいつそんなことを言ったかしら？〝カサンドラと僕は〟ですって？　断言する前に一言尋ねたらどうなの？」

「ここは僕の家なんだぞ！」

「あら、そう。私たちの家だと思っていたわ。私はラモンに来てほしかったのに」

「ラモンがいたら困るんだ。今夜は特別な予定がある」

ホアキンは思った。もしかしたらカサンドラは、今夜こそ何か起こりそうな予感がしていて、ラモンが来れば避けられると思ったのだろうか。それとも、純粋にラモンに会いたいのか？　そっちのほうがいいとも言えないが。

こういう問題は追及しないほうがよさそうだ、とホアキンは判断した。そうでなくても、尋ねたいことはたくさんあるのだから。雰囲気さえよければ、一番大切な質問もするつもりだった。

「〝特別な予定〟ね。だいたい想像がつくわ」

カサンドラは、休戦中のつかの間の平和が失われつつあることを知った。このところ忍耐強かったホアキンだが、どうやらしびれを切らしたらしい。またいろいろ問いただされるだろう。どう答えたらいいのか見当もつかないが、ここ数日体調があまりよくないので喧嘩《けんか》だけは避けたかった。

「それのどこがいけないんだ？　恋人同士が愛を交わして何が悪い？」

愛を交わしていないからよ！　カサンドラはそう言いたかったが、愛などという危険な言葉を持ち出すわけにはいかなかった。そんなことをしたら、自ら禁止領域に飛び込むことになる。危険どころか、地雷原に足を踏み入れるようなものだ。間違った場所を踏んだら最後、木っ端みじんにされてしまう。

「私は――」カサンドラが言いかけると、ホアキンは素早く口をはさんだ。

「もう医者の指示を言い訳にするのはなしだぞ。昨日診てもらって、記憶障害以外はまったく問題がないと言われたのは知っているだろう？」

問題はその記憶障害なのだ。カサンドラは毎晩一人だけの寝床で、明日の朝にはホアキンの記憶が戻っていますようにと祈りつつ、明日も戻っていないことを願う自分に戸惑った。記憶が戻れば、見せかけだけの現実から解放されて本当の自分に戻れる。でも戻らなければ、もう少しだけ彼と一緒にいられる。

ホアキンの記憶が自然に戻るように、いろいろ試してもみた。たとえそれが嘘で固められた生活だとしても。ラモンの話をしたり、実際にラモンに何度か来てもらってホアキンの記憶に揺さぶりをかけてみた。すでに月が変わっていたが、日付から彼が何か思い出すのではないかと思って、カレンダーは六月のままにしておいた。だがどれも効果はなかった。

「ええ、知ってるわ。回復してよかったわね」

「じゃあ、快気祝いといこう。〈セレスタ〉に予約を入れてあるんだ」

〈セレスタ〉はカサンドラのお気に入りのレストランだった。あの運命の金曜日に通訳として同席するはずだった商談も、〈セレスタ〉で行われる予定だった。

「それはちょっと……」

「どうしてだめなんだ？」

カサンドラは心の内で答えた。そのあとにあなたが何をたくらんでいるか、知っているからよ。

もちろん、いつかはこうなるとわかっていた。この一週間ずっとやきもきして過ごし、彼がそろそろ寝ようと言うたびに、どきっとしたものだ。

レストランに行っても、キャンドルの明かりの下できらきら輝く銀食器やクリスタルのグラスを前に、向かい合って何を話せばいいのだろう。

二人で過ごしてきたすばらしい日々や、輝かしい夜の思い出？　私たちがどれほど幸せで、どれほど完璧《かんぺき》なカップルかを確認し合うの？　ホアキンの記憶の中では、私たちはそのくらい完璧なカップルなのかもしれないけれど。

話が二人の将来にまで及び、ともに歩む人生の夢や希望を語り合えたらどんなにいいだろう。

不意に、ホアキンのもとを去る決心をした日の朝、彼に言われた言葉がカサンドラの頭に浮かんだ。〝縛られるのはいやだと言っているだろう?〟

いつまでたっても片思いでしかない。そう思うと、カサンドラは胸が張り裂けそうなくらいつらかった。ホアキンとしてはロマンチックなキャンドルライトディナーで雰囲気を盛り上げてベッドに誘うつもりなのだろうが、そんな計画に乗る気にはとてもなれない。

「つまり……」逃げ道を探すうち、カサンドラは急にひらめいた。「実はごちそうを用意していたの。もうだいたいできているから、無駄にするのがもったいなくて」ホアキンが疑わしそうな目で見るので、カサンドラはあわててつけ加えた。「パエリアよ」

これはかなりのプラスポイントだった。パエリアはホアキンの好物なのだ。

「パエリアか。いいね」だが、ホアキンは硬い表情を崩さない。

「とても気持ちのいい晩だから、プールサイドで食事をしたらどうかなと思っていたの」

「そうか。君にも計画があったのか」

ホアキンの顔がほんの少し明るくなったところを見ると、カサンドラがプールサイドのロマンチックディナーを計画していたと解釈したようだ。

「どうやら僕たち二人とも似たようなことを考えていたらしいね。じゃあ、君の案でいこう」ホアキンはゆっくり伸びをして、つややかな黒髪を手で梳《す》いた。「何か手伝おうか?」

「いえ、だいじょうぶ」今キッチンに入られたら、だいたいできていると言ったのが嘘だったとばれてしまう。「それよりシャワーでも浴びてきたら？」

「そうだな。今日は本当に蒸し暑かったから、一浴びしたい気分だ。じゃあ、ちょっと行ってくる」ホアキンは出ていきかけたが、ドアの前でふと立ち止まって振り返り、黒い瞳をいたずらっぽく光らせてにっこりした。「君も一緒にどうだい？」

その笑顔と瞳の輝きが、カサンドラを一瞬のうちに虜《とりこ》にした。頭では何を考えていようと、全身の感覚が一気に駆り集められ、心臓の鼓動がどんどん速まっていく。イエスと言えばそれですむのだ。そのほうがずっと簡単だった。実際、そう言おうとしてカサンドラは口を開きかけたが、すんでのところで意志の力が勝った。

「そうしたら今夜は食事抜きになるわ」

ホアキンは目もくらむばかりの笑みを浮かべた。褐色の顔に白い歯がきらりとのぞく。

「食欲より、こっちの欲求のほうが差し迫ってるんだが」

ホアキンはカサンドラに近づいた。あと一歩で腰に手が届き、抱き寄せられてしまう。

「いやね」

カサンドラは笑ってごまかしながら、さりげなく後退してホアキンとの距離を広げた。

「おなかがすいているときのあなたって、最悪なんだもの。さあ、さっさとシャワーを浴びてきて。それからすぐに食事にすれば、私は頭を食いちぎられずにすむわ」

ホアキンがにこりともしなかったのでカサンドラは一瞬不安になったが、彼が静かにうなずくのを見て胸をなで下ろした。だが、彼の瞳には不吉な光があった。「わかった。とりあえず、そういうことにしておこう」

このラウンドはなんとか切り抜けたわ。階段を上るホアキンの足音を聞きながら、カサンドラは一人考えた。なのにどうしてうれしくないの？　どうして惨敗したような気分になるの？　こうするほかに、どんな方法があったというの？

ああ、私ったらばかみたい。どうして彼のあとを追いかけないの？　服を脱いでバスルームに入り、シャワーの仕切り戸を開けて……。

カサンドラはそうしたくてたまらなかった。ホアキンのもとに行き、彼に抱かれ、彼と愛を交わしたかった。

実に皮肉な話だ。いくらカサンドラが愛を交わしたいと願っても、彼が愛を与えてくれることはないのだから。彼女には、なんの感情も交えずに彼とベッドをともにするなどできなかった。しかも、ホアキンの記憶が戻ってラモンの家での出来事を思い出したら、彼は私にいいように操られたと思って激怒するだろう。彼はきっと私のことをひどい女だと……。

そう思うと涙が出そうになった。ラモンのアパートメントでホアキンに言われた言葉が頭をよぎる。

〝君は兄と別れて一週間もしないうちに弟のところに行くほど好色な女なのか？〟

今ホアキンのもとに走ったら、今度は弟のところから兄のところに舞い戻ったと思われてしまう。カサンドラはそれだけは絶対避けたかった。そんなふうに思われるのは耐えられない。だから今は余計なことは考えず、食事の支度に専念しよう。おなかをすかせたホアキンが最悪だというのは、ただの冗談ではなかった。

せっかく苦労してレストラン行きを避けるのに成功したのだから、これを利用しない手はない。パエリアを作って一緒に食べたあと、彼と話をしよう。

正直に真実だけを話そう。少なくとも私たちの関係に問題があったことは、話しておかなければいけない。それなら医者の指示にそむくことにはならないはずだ。その問題は、彼が記憶を失う前から私を悩ましていたのだから。

そのころ私がどんな気持ちだったか、なぜ彼のもとを去る気になったのか、正直に話そう。彼に別れを告げられるのが怖くてどれだけ悩んだか打ち明けて、それならいっそのこと自分から出ていったほうがましだと考えるに至った経緯を。

そうすれば、彼の記憶が回復したとき、少なくとも私がメモ一枚をあとに彼の家を出て、ラモンの家に行った理由はわかってもらえるはずだ。私たちの関係は終わりになるかもしれないが、ホアキンがラモンに憎しみを抱くことだけは避けられる。

いずれにしても今は、料理に専念したほうがいい。カサンドラは我が身を追い立てるようにしてキッチンに入り、鍋《なべ》やボウルをがしゃがしゃ音をたてて引っぱり出した。そうでもしていないと、二階のシャワーの水音が耳に入ってしまう。

想像してはいけない。なのに、やっぱり想像してしまう。ほとばしるお湯に包まれるホアキンのたくましい褐色の体。引き締まった体を水が流れ落ち、大きな背中から固いお尻へ、そして……。

「痛い！」

カサンドラは小さく叫び、包丁で切った指を口に含んだ。刻んでいたピーマンの汁が傷口にしみる。

ああ、私はここで何をしているの？　二階に行きたい。ホアキンのところに。それができるなら、あとはどうなっても構わなかった。ホアキンは今、カサンドラとベッドで過ごすことを一番望んでいるし、彼女もそうしたくてたまらない。二人の思いは同じなのに、なぜそれを否定しようとするのだろう？

いずれは別れることになるとしても、今夜はまだ一緒にいられる。今夜が終われば、あとどのくらいの時間が残されているかわからない。ホアキンの記憶が回復しても、そのときはそのときだ。

手を伸ばすとホアキンの寝室のドアの取っ手に届き、カサンドラは愕然《がくぜん》とした。心の中で自分との闘いを繰り広げているうちに、体はいつの間にか二階に上がり、ホアキンの寝室の前に立っていたのだ。

カサンドラの心は決まった。ここから引き返してキッチンに戻るのは、月まで飛んでいくより難しい。

これが私の望みなのだから。こうせずにはいられないから。この体が、この孤独な魂が、ホアキンに満たされることを渇望して悲鳴をあげている。

カサンドラはドアを開いて中に入り、寝室を足早に横切った。歩きながら、なんの迷いもなく一枚ずつ服を脱いでいった。ブルーのカーペットの上にパステルカラーの絵の具を落としたように、脱ぎ捨てた服がバスルームに向かって一本の線を描いた。

シャワーはとうとうと流れ、部屋は湯気で満ちていた。曇ったシャワールームのガラス戸を通して、背の高いホアキンの体の輪郭がぼんやり見える。だが、心の目は彼の姿をはっきりととらえていた。真っすぐで力強い肩と大きな背中。手で顔から水を払うと、背中の筋肉が動く。ウエストはやや細く、きゅっと引き締まったお尻からたくましく浅黒い脚が伸びている。想像するうちに、カサンドラは口の中がからからに乾いてくるのを感じた。

入り口に背を向けて立つホアキンは、カサンドラが入ってきたことに気づいていなかった。ドアを開ける音も、シャワーの音にかき消された。

〝これが最後のチャンスなのよ〟カサンドラは自分に言い聞かせるようにして前に進んだ。〝最後のチャンス。さあ、勇気を出して……〟

ようやく通れるだけガラス戸を開くと、カサンドラはシャワールームに入った。

ホアキンは流れ込んだ冷たい空気に動かされるようにして振り返り、目に入ったカサンドラの顔をじっと見つめた。

「ハイ」しばらくしてホアキンが言った。

そんな目で見つめられると、なんだか自分がきれいでセクシーで、特別な存在なのだと思えてくる。こんなふうに迎えられるとは思っていなかった。願うことすら考えなかった願いが、すべて叶《かな》えられた気分だった。

「ハイ」カサンドラは小さな声でささやいた。

そしてホアキンが差し出した腕の中に吸い寄せられるように入っていった。温かく力強い腕が体に回されるのを感じながら、少なくとも今だけは最高に幸せだとカサンドラは思った。

10

どれほどこのときを待ち望んでいたことか。ホアキンは激しい情熱の余韻に浸りながら、ぼんやり考えた。この一週間、医者の指示を理由に遠ざけられていたが、たった一週間とは思えないほど待たされた気がしていた。だからようやくカサンドラのほうから来てくれて、優しく温かく迎え入れてくれたときには、長くは持ちそうにないと思っていた。抑えつけられていた欲求はあまりに激しく、あまりに獰猛《どうもう》で、すでに爆発寸前だった。

カサンドラと寝ていたベッドに一人で横になり、寝苦しい夜のあいだに彼女と愛をむさぼり合う夢を何度見たことだろう。目覚めてもまだ心臓がどきどきし、体は欲求の行き場を求めてもがき苦しむありさまだった。

カサンドラにふたたび受け入れられるときがきたら、自分を抑えることなどできないだろうとホアキンは思っていた。きっと彼女に触れられたとたんに我を失って、がむしゃらに最後まで突き進んでしまう。頭が吹き飛ぶようなクライマックスを経験しても、すぐに激しい欲望がこみ上げて、何度も何度も彼女を求めてしまうだろうと。

ところがシャワールームで振り返り、前に立つ彼女を見た瞬間、すべてが変わった。頭が急に真っ白になって、まるで女性の裸身を初めて見た少年のように不器用で頼りない気分になった。

カサンドラのブロンドの髪は肩に落ち、一糸まとわぬ美しい体はシャワーの湯気のせいでピンク色に染まっていた。

それとも恥ずかしかったからだろうか。

そんなはずはない。一年も一緒にいたというのに、今さら恥ずかしがる理由がどこにあるというのだ？

しかし驚いたことに、実際ホアキンは落ち着かなかった。きっとあまりにも突然立場が逆転したために、頭が混乱してしまったのだろう。

〝ハイ〟とホアキンが言ったのは、そう言うのが精いっぱいだったからだ。

カサンドラもちょっと照れくさそうに〝ハイ〟と小さな声で答えた。

腕を開いたとき、ホアキンは心も同時に開いたような気がした。そんなふうに心を開くのは、とても危なっかしいことに思えた。あそこで彼女に拒まれていたら、二度と立ち直れなかっただろう。

だがカサンドラは巣に帰る鳥さながらにすんなり腕の中に入り、抱擁を受け入れた。ホアキンは、二度と彼女を放すものかと腕に力を込めて抱き締めた。

そのとき初めて、シャワーの湯がざんざん流れ落ちていることに気づいた。それが急にうっとうしくなり、腕を伸ばして栓を閉め、収まっていく水音にほっと一息ついた。

「カサンドラ……」

キスの合間に、吐息まじりのささやきがこぼれる。話しかける力はもうホアキンには残っていなかった。体はすでに激しい欲望に爆発しそうだが、手っ取り早く満足させたいとは思わなかった。

ゆっくり時間をかけて、もっと深いところに達したい。

体だけでは足りない。心にも訴えるような何かが欲しい。

ホアキンはカサンドラを半分抱きかかえるようにしてバスルームを出た。寝室に戻ると、途中ハンガーからむしり取った白いタオルの一枚を片手でベッドに広げ、そこに彼女をそっと横たわらせた。

それから、もう一枚のタオルでカサンドラの濡《ぬ》れた体をふいてやった。ほのかなピンク色に染まった肌をやわらかいコットンのタオルで優しくぬぐい、ふいた場所に唇を寄せた。キスをするたびに賞賛の言葉が口をついて出る。そんなときホアキンはいつも、自然と母国語のカタロニア語になっていた。

ホアキンは彼女がどれだけ美しく、どれだけ彼を夢中にさせるかを語った。そして心の中で秘密の言葉をつぶやいた。その言葉だけは口にする勇気がなかった。彼女はそんな言葉を聞きたがらないかもしれないし、言ったとたんにはねつけられるはめになりかねない。

カサンドラは白いタオルの上に髪を広げて横たわり、ベッドの上でため息をつきながら身をよじった。白い首筋の脈が激しく鼓動し、息づかいが速まるにつれて、胸が大きく上下に揺れ出す。

彼女は手を伸ばし、ホアキンを引っぱり上げた。二人の唇が重なると、これまでにないほど深く満ち足りたキスに発展していった。熱烈でありながら、心のこもったキスが延々と続く。

「カサンドラ！」ホアキンは酸素を求めてあえいだ。「ああ、君にはすっかり参ったよ」

次の瞬間、ホアキンはあっと叫んだ。しなやかなカサンドラの指が痛いほど固くなった彼の高まりにかかり、巧みに動きはじめたからだ。

「カシー！」

荒い呼吸の合間に彼女の名前を全部言い終えるのは無理だったので〝カシー〟と呼んだ。言ってみると〝カサンドラ〟よりいいような気がした。

だからキスに戻る前に、ホアキンはもう一度つぶやいた。「カシー」そしてため息をついた。

彼女に優しく受け入れられたいと思っていたが、その点ではまったく申し分がなかった。というより、カサンドラはすべての点で申し分がなく、ホアキンは夢の世界にいる気分だった。

ホアキンはもっとゆっくり時間をかけて彼女を堪能《たんのう》しつくしたいと思っていた。じらすようにして気持ちを高め、二人一緒に絶頂を迎えたかった。だが、カサンドラは彼を激しく求め、急《せ》かすように先をうながした。

同時に、今夜のカサンドラにはどこか以前と違った雰囲気があった。どことなく心細そうな感じがあるのだ。まるで二人が愛を交わすのは初めてのような気がするほどだ。いや、それを言うならホアキン自身、まるで彼女が初めての女性のような気さえする。だが、この強烈な喜びがどれだけ特別なものか知りえたのは、過去に数限りない女たちと経験を重ねてきたからなのだ。

全身の感覚が研ぎ澄まされて、ちょっとした刺激がかつてない喜びをもたらす。彼女の肌はやわらかく、頭がくらっとするほどいいにおいがした。キスははちみつの味。ハスキーな声は耳に心地いい。

こんなに興奮したのは初めてなら、これほど先を急ぎたくないと思ったのも初めてだった。体の隅々まで感覚を呼び覚まし、喜びを最大限に高めて新たな極みに達したい。そして、その瞬間をできるだけ長くつかまえておきたかった。

カサンドラはホアキンのそんな願いを直感的につかんでか、彼が与えた喜びを百倍にして返した。一つ一つの感覚を刺激し、欲望をかき立てて、それを満たすと同時にじらすということを、一度にやってのけた。

「ホアキン」カサンドラはキスの合間につぶやいた。「ずっとこの瞬間を待っていたの。長かったわ」

「僕もだ」ホアキンにとってもこの一週間はこれまでの人生でもっとも長い一週間だった。たった七日間とはとても思えない。ずっと彼女なしで生きてきたような気さえした。「つらかったよ、いとしい人《ケリーダ》。一人で待っているのはつらかった」

そのとき、ホアキンは記憶のとっかかりのような何かが頭に浮かぶのを感じた。ほんの一瞬だけ扉が開き、一筋の光が差したかと思うと、またゆっくり扉が閉じていく。気がつくと現実の世界が戻っていた。

「どれほど待ったか想像もつかないくらいだ」

「私もよ」カサンドラはくすっと笑った。

「君がこのベッドに戻ってくれなかったら、僕はどうにかなってしまうと思った」

「わかるわ。私もそうだったの。だからお願い……」

カサンドラは体をずらしてスリムな体をホアキンにぴったり押しつけた。胸が重なり、弓なりになった腰が固く張りつめた彼の体を強烈に刺激する。ホアキンは耐え切れずにうなり声をあげた。

「もう待たせないで、ホアキン」カサンドラが耳元でささやいた。舌が耳の輪郭をたどり、耳たぶをくすぐる。「もう待つのはやめにして。私のために。あなたのためにも」

そんな魅惑的な声でささやきかけられては、これ以上待つことなどとてもできない。そもそも彼女の誘いを拒むなどホアキンにはできなかった。

ホアキンが覆いかぶさると、カサンドラはするりと体を動かして彼を受け入れた。ホアキンは彼女の中に身を沈めた。華奢《きゃしゃ》な体がホアキンを優しく支えてくれた。長く果てしない旅から家に帰ったような気持ちだった。

その瞬間、ホアキンはあやうく果てそうになった。「ああ、なんてことだ」彼は歯を食いしばり、なんとか押しとどめた。どうしてもカサンドラに最高の満足を与えたかった。なぜそこまで固執するのか、自分でも不思議だった。頭の片隅には暗い記憶が潜んでいたが、それが何かはよくわからなかったし、考えたいとも思わなかった。とにかくカサンドラを満足させなければいけない。それができなければ一生自分を許せないだろう。

ホアキンは彼女の温かい体の一番深くまで身を沈めた。太陽のシャワーを浴びるような温かさを感じながら、彼はできるだけ深く突き進み、できるだけ長く持ちこたえようとした。だが腕の中で身をよじり、快感に浸るカサンドラを見ていると、今にも限界に達しそうだった。彼女の優雅な手は触れるべき場所を正確に探しあて、苦痛にも近い喜びをもたらしてホアキンを悩ませた。

そのときカサンドラがいつものように喉の奥から絞り出すような声をあげ、体を震わせた。そろそろ待ち望んだときがやってくる。ホアキンははやる心を必死で抑えて待った。カサンドラの小さな声がうめき声に変わり、だんだん感極まった高い叫びになっていく。最後に彼女は目をぎゅっと閉じて体を弓なりにそらし、呼吸もままならないほどの強烈なクライマックスを迎えた。

ホアキンは彼女を力の限り抱き締めた。彼女の体が何度も何度も大きく震えるあいだ、その手をしっかり握っていた。彼女が頂点から戻りつつあるのを見届けてから、ようやく自身の猛《たけ》り狂う情熱を解放し、彼女と同じ喜びの世界へ落ちていった。

しばらくしてゆっくり浮かび上がるように意識を取り戻したカサンドラは、頬が涙で濡れていることに気づいた。

いったい何がどうなっているの?

私たちはどうしてこんなことになったの?

これまで百回以上もホアキンと体を重ねてきた。でも、こんな経験は初めてだった。予想もしなかった出来事にカサンドラは茫然《ぼうぜん》とした。未知の世界に踏み込むような心細さの中、頭に浮かんだことはたった一つ。それがカサンドラを心の底から揺さぶった。

私たちはとうとう、愛を交わしたのだ。

本当ならうれしくてたまらないはずだ。だが今は事情が違った。たとえホアキンが彼女に情熱以上の何かを感じていたとしても――たとえそれが愛だったとしても、喜ぶことはできない。彼に愛されて願いが叶《かな》ったと喜ぶほど、カサンドラは愚かな人間ではなかった。ホアキンが彼女に何を感じていたにしろ、長続きしないことは明らかなのだから。

ホアキンは記憶が戻ったとたんに心変わりするだろう。少なくとも、彼の抱いた感情は見当違いだったと知ることになる。だから、彼の愛を心の支えにしてはいけないし、二人の将来に希望を抱いてもいけない。

「泣いてるのかい、ケリーダ？」耳元でハスキーな低い声がして、カサンドラははっとした。ホアキンは唇を寄せて、涙をぬぐい去るようにキスをした。「感極まっての涙だといいんだが」

「ええ、そうなの」カサンドラは弱々しい声でどうにか答えた。

たしかに最初は、強烈なオーガズムに感極まって自分でも気づかぬうちに涙がこぼれていた。だが、最後の一粒には恐れ、喪失感、絶望といった感情が混じっていた。その絶望感はとてつもなく深く、向き合う勇気はカサンドラにはなかった。

ホアキンのほうは気づいていない様子だった。何か考え込むような顔をして、彼女の顔の輪郭を人差し指でゆっくりたどっている。

「ディナーを食べるはずだったのに、予定が変わってしまったね」穏やかで満ち足りた声だ。「そろそろ何か食べようか」

「おなかがすいてないの」

カサンドラは、食事など二度としなくていいと思った。ここにこのまま静かに横たわり、激しく交わした愛の余韻にずっと浸っていたい。動きたくもないし、考えるのも、何かを説明するのもいやだった。

だが、ホアキンはおなかがすいているようだった。彼はカサンドラのふっくらした唇に名残惜しそうにキスをしてからゆっくり起き上がり、ベッドを出て何かを探して部屋を見回した。

ホアキンはすぐに満足げにうなずいて、椅子の上にあった黒いパジャマのズボンを手に取ってはいた。

「ホアキン？」

ゆったりしているうちに朦朧《もうろう》としてきて頭がはっきりしない。視点も定まらず、ホアキンの姿も背の高い引き締まった体の輪郭がぼんやり見えているだけだ。

「どうしたの？」

ホアキンは、いいから黙って、というように手でカサンドラを制し、急いで部屋から出ていった。

一週間のあいだカサンドラが一人で長く孤独な夜を過ごした寝室にホアキンが入っていく音を聞いて、彼女はどきっとした。

なんのために私の部屋に行ったの？　部屋の中はどうなっていたかしら？　ラモンのアパートメントから持って帰ってきた荷物は、ちゃんとしまってあったわね？　いつまでも隠し通せることじゃないけれど、ああ、今はまだそのときではありませんように。今夜を特別な夜のまま終わらせて。やがて破局が訪れたとき、今夜のことを美しい思い出としていつまでも胸に秘めていられるから。

心配するまでもなく、ホアキンはすぐに部屋に戻ってきた。彼が手にしているものを見て、カサンドラはぎょっとした。

「ほら、これを着るといい」

ホアキンが差し出しているのは、淡い緑色のシルクのローブだった。褐色の長い指の中にあると、一枚のぺらぺらした布に見える。彼は本当に覚えていないのだろうか。ラモンのアパートメントで最後に会ったときカサンドラが着ていたローブだというのに。これを着ていたためにホアキンは、ラモンとカサンドラの関係を勘違いしてしまったのだ。

カサンドラのほうはとても忘れることができなかった。あのとき彼から受けた非難や浴びせられたひどい言葉の数々を、どうして忘れられるだろう。

「これを？」カサンドラは力なくつぶやいた。ローブを着たことがきっかけとなって、彼の記憶が戻るかもしれない。そうなったら幸せな一夜はおしまいだ。

だがホアキンはカサンドラの問いには答えずに、彼女に近寄って片腕を上げさせて、シルクの袖《そで》に通させた。それからもう一方の腕も同様にしてローブを着させると、カサンドラを抱えるようにベッドの脇《わき》に立たせてベルトを締めた。そのやり方はどこか他人行儀で、ついさっき熱烈に愛し合った仲とは思えない。しかもホアキンは目を伏せて表情を隠していた。

「これでいい。じゃあ、一緒に来てくれ」

「でも……」

カサンドラは抵抗しかけたが、結局あきらめて従うほうを選んだ。やはりホアキンにはローブの記憶はまったくないようだ。それなら、変に抵抗しては逆に彼を刺激してしまう。

「食事にするの？」

ホアキンは答えず、カサンドラの手を取って廊下を進み、階段を下りはじめた。さっきは食べたくないと言ったが、やはり何か食べたほうがよさそうだとカサンドラは思った。また胃がむかむかしてきたのは、おそらく空腹が原因だろう。精神的なものかもしれないけれど、何か食べるに越したことはない。何しろ朝トーストを一枚食べたきりなのだ。

ところが意外にもホアキンはキッチンを素通りし、真っ暗な居間も通り抜けて、テラスにつながるドアを出た。そばでプールの水が静かに揺れて、月明かりを反射してやわらかな光を放っている。

「ホアキン？」カサンドラの足取りは重くなった。彼女はホアキンの手を引っぱった。

「待って。どこに行くの？」

動転していたせいか、カサンドラには、プールの向こう側に置かれた木のデッキチェアに、月光のスポットライトが当たっているように見えた。

あのデッキチェアの上で愛を交わした翌朝に、彼と別れる決心をしたのだ。それでも別れがどうしようもなくつらくて、ひどくみじめな思いをした。今度はあのくらいではすまないだろう。心を捧《ささ》げた人から愛されることのすばらしさを知ってしまったあとだから。それが真の経験であったとしても、一時の夢でしかなかったとしても、彼の記憶が戻って二度と顔を見たくないと言われたら、心を引き裂かれるような苦痛を味わうことになる。

ホアキンは振り返ってカサンドラににっこりほほえんだ。月明かりの中、黒い瞳が奇妙な輝きを帯びている。

「今にわかるよ」

「でも……」

ホアキンはプールの反対側に向かってどんどん進んでいく。カサンドラはあわてた。まさか、あのデッキチェアに向かっているのでは？

「ホアキン」カサンドラはできるだけ自然な声を出そうとした。そう聞こえたかは自信がない。「この格好では外に行けないわ。裸も同然だもの」

「そんなことは心配しなくていい。君は服を着ていないときが一番きれいなんだ。それにここは寝室と同じくらい安全じゃないか」

カサンドラは胸をぐっとつかまれたような気がした。

あの夜、外で愛を交わそうとしたとき、彼が言った言葉とほとんど同じだ。本当に彼は覚えていないの？　もしかしたらこれは、すべて彼の策略？

脚がわなわなと震えて、カサンドラはプールサイドのタイルの上に膝をつきそうになった。

ホアキンは、もう記憶を取り戻しているのかもしれない。それを今から私に告げるつもり？　だから、わざと前と同じ言葉を使って、私を怖がらせようとしているの？

11

ああ、お願い。それだけはやめて！

夢のようなひとときを過ごしたばかりなのに、もう二度と顔も見たくないと言われるのだろうか。カサンドラはとても耐えられそうになかった。

「やめて！」

ホアキンがさっと振り返った。内心のパニックを露呈しているカサンドラの声に、ひどく驚いた顔をした。

「どうしたんだい、いとしい人《ケリーダ》。何かあったのか？」暖かい夜なのに、ぞくっと寒気を感じさせるほど気を張りつめた声だ。

「い、いやなの」

「何がいやなんだ？」

「いやなのよ、こんなこと……」

ホアキンは顔をますますこわばらせ、警戒を強めるように鋭い目で見ている。つないだ手をしっかり握り直したところを見ると、何があってもホアキンは自分の計画を実行する気でいるらしい。

「カシー」いらいらしたときのあの呼び方がまた戻っている。「いったい何がいやなんだ？　何を怖がっている？」

なんと答えればいいのだろう。そのとき高音の鳴き声とともにばたばたと羽の音がして、黒い物陰が宙を舞った。これだ。カサンドラは叫んだ。

「こうもりがいるわ！」うまい具合に声が震え、近くをかすめるこうもりに身をかがめると、ますます真に迫った感じになった。「こうもりはきらいなの」

「怖がることなんかないよ」ホアキンの声はかすかに震えていたが、さっきのようないらいらした様子は感じられない。どうやら笑いをこらえているようだ。

「あなたは怖くないかもしれないけど、私はきらいなの！　頭の上を飛びながら、きいきい鳴くんだもの」

「ああ、たしかにきいきい鳴いているな」

ホアキンは声をたてて笑った。リラックスした穏やかな顔の彼を見ていると、カサンドラは少し気が楽になってきた。

「それだけかい？　こうもりは何も悪さはしないんだよ。かわいいもんさ。子供のころ、ペットにしたくてつかまえようとしたくらいだ」

子供のころのホアキン。どんな子供だったのだろう。カサンドラは身を乗り出して尋ねた。「それでつかまえたの?」

「ああ。でも一日かそこらで放してやった。こうもりは夜行性だということを忘れていたんだ。セニョーラは昼間は寝ているばかりで、僕が寝るとやっと動き出すんだ」

「セニョーラっていう名前をつけたの?」

「正しくはセニョーラ・ムルシエラゴ。〝ミセスこうもり〟だ。実を言うとミセスかミスターかわからなかったが、かわいい顔をしていたから雌かなと思った。君が僕を選んだのは正解だったね」

「え?」

ホアキンが急に真顔になったので、カサンドラはふたたび不安がこみ上げてくるのを感じた。

「どういうこと?」

「僕なら君を一生こうもりから守ってあげられる。カサンドラ……」

ホアキンはますます真剣な顔になり、思いつめた表情でカサンドラの顔を見つめた。

「やめて」カサンドラは今まさに起ころうとしていることを止めたくて、必死で訴えた。

「だめ、お願い」

だがホアキンはそれには答えず、握っていた手をそっと取って彼女を自分の胸に引き寄せた。彼の手が顎にかかり、顔を上げると、熱のこもった真剣なまなざしがあった。

「カサンドラ、僕と結婚してくれ。一生かけて君を守ると誓う。こうもりだけじゃなくて、あらゆるものから君を守る」

あらゆるものから君を守る。その言葉を聞いて、カサンドラは喉を締めつけられる気がした。

彼ならきっとそうしてくれるだろう。でも私に脅威を与える相手があなた自身だったら？　守ることはできないでしょう？

「結婚するのはいやだって……縛られるのはいやだって言っていたのに？」カサンドラは消え入りそうな声でつぶやいた。

「ああ。たしかにそう言った。だが、あのときは頭がどうかしていたんだ」

「で、でも、今はどうなの？　きちんと考えられているの？」

そんなことはありえない。記憶がすっぽり抜けているのに、きちんと考えたなんてどうして言えるだろう。その間何があったかわからないのに、どうして私に対する気持ちに自信が持てるのだろう。私がどんな人間か確信が持てないのに、結婚を申し込むなんてどうかしている。

「ああ、そうだ」

ホアキンは確信に満ちていた。だが、それは誤った確信だ。彼の記憶が戻るまでは、彼の言葉は一言だって信じてはいけない。

ホアキンの男らしいハンサムな顔が、目の前でぼんやりかすむ。涙は一粒だってこぼすまいと、カサンドラは唇をかんで必死にこらえた。

「やっと目が覚めたんだ。今ごろになって自分に必要なものがはっきりわかった」

「それは……?」口を開くと息苦しささえ感じる。

「ああ、カサンドラ。僕には君が必要なんだ」

ホアキンはもう一度カサンドラの手を引いてデッキチェアに連れていった。そしてクッションの上に腰かけて彼女も横に座らせると、両手を取って向き直り、不安でいっぱいのカサンドラの目を正面からとらえた。

「僕の家族の話を聞いてくれ。父とラモン、アレックスのことだ」

カサンドラは無言でうなずいて続きを待った。ホアキンの家庭が複雑なことは知っていたが、細かいところまでは理解していなかったのだ。

「僕たち兄弟は父親は同じだが、それぞれ母親が違うことは知っているね? ラモンという弟がいると知ったのは、僕が十五歳のときだった。そのとき初めて、父が母を裏切っていたことを知ったんだ。ラモンは愛人とのあいだにできた子だ。父は結婚直後からその女性とつき合っていた。それから数年後、アレックスという弟もいることがわかった。アレックスも愛人の子だが、ラモンの母親とは別の女性だ。父は裏切りを重ねたわけだ」

ホアキンは黒髪の頭を振って、プールの水面に目を移した。遠くを見るようなぼんやりした目だった。

「それまでずっと、両親は完璧《かんぺき》な夫婦だと思っていた。勘違いもいいところさ。二人はしかたなく結婚しただけだったんだ。家族の利益のためだけに仕組まれた政略結婚だ。父には最初から、結婚の誓いを守る気はなかった。僕はそんな父親の息子だ。誰もが僕を、お父さんにそっくりだと言った。何から何までそっくりだと」

「でも、仕事の面ではまったく違うわ。父親のメディアグループでの仕事には興味がなくて、自分のぶどう園を持って良質のワインを造る夢を追いかけたんでしょう?」

「変わり者《エル・ロコ》ってわけか」ホアキンは苦笑した。「父と僕の違いはそのくらいだな。だが、父と同じにはなりたくないと思うあたりも、やっぱり父にそっくりなんだ。この父にしてこの子ありとはよく言ったものだ。少なくとも僕はそう思って生きてきた。だから、僕は一人の女性に縛られて幸せに生きられるとは思っていなかった。父と同じようにたくさんの女性に囲まれて、毎年違う女性とつき合い、毎年新しい女性をベッドの相手にするようにできているんだと」

カサンドラはまた唇をぎゅっとかみ、頭を垂れてじわりと浮かび上がる涙を隠そうとした。そのことはもう知っている。前とは言い方が違うだけだ。〝縛られるのはいやだと言ってるだろう?〟という言葉を、じっくり語っているだけのこと。でも優しい言い方のほうが、逆に心に突き刺さる。今の彼が、心情を包み隠さず告白しているのがよくわかるから。

「そう。わかったわ」カサンドラがため息まじりにそう言うと、ホアキンは急に彼女の肩をつかんだ。

「いや、わかってないね。僕が何を言おうとしているかわかっていたら、そんな声を出すはずはない」

「違うの？　じゃあ、あなたは何を言おうとしているの？」

「僕は父とは違うことに気づいたんだ。二度と、とっかえひっかえ違う女性とつき合ったりしない。僕は変わった。それを君に信じてほしいんだ。それから、これを受け取ってほしい」

ホアキンはポケットから緑色の小さな箱を取り出して、ふたを開けた。目に飛び込んだのは、月光を浴びてきらきら輝く大粒のダイヤモンドだった。その指輪のあまりの美しさに、カサンドラはしばらく息をするのも忘れて見入った。ふたたび息をついたとき、彼女の心臓は早鐘を打ち出し、全身が激しく脈打った。

「カサンドラ、僕と結婚してくれ」ホアキンの声は、これまで聞いたことのないほど緊張し、かすれていた。「イエスと言ってくれ。ずっと僕と一緒にいてくれると。僕は本気だ。信じてほしい」

「信じるわ」

皮肉にも、カサンドラは心の底から信じられた。ホアキンのひたむきな顔、真剣なまなざしを見れば、彼が本気で言っていることは疑う余地がない。彼は真剣に、心の底から私と結婚したいと思っているのだ。

少なくとも、私たちのあいだに何があったかを知らない今の時点では。

今腰かけているデッキチェアは、別れる前、二人が最後に愛を交わした場所だ。そして今着ているローブは、ラモンのアパートメントで着ていたためにホアキンにラモンとの関係を疑われたローブ。それがなければ、もう少し冷静でいられたかもしれない。もしかしたら希望の光さえ見たかもしれない。だが残酷な偶然がここまで重なると、愛する人からようやく心のこもったプロポーズを受けたというのに、カサンドラは天にも昇る心地になるどころか、絶望の淵《ふち》に落とされた気分だった。

「お願いだ。イエスと言ってくれ」

「いえ、でも……」

「君もいつかはプロポーズされると思っていたはずだ。僕が君だけは特別だと感じていたのは、わかっていただろう？」

「私が？」

「もちろんだよ」ホアキンは、今ごろ何を言っているんだと言いたげな顔をした。「僕たちが出会ってどのくらいたつか知ってるね？　君とは一年以上続いているじゃないか」

一年！

カサンドラはその言葉がもたらした苦痛に気を失いそうになり、体がばらばらになるのを阻止するかのように震える体を両腕で抱いた。気分が悪くなってきて吐き気さえ感じたし、心も体も持ちこたえられそうにないところまできていた。

たしかに数字のうえでは一年以上になる。だがそうなったのは、ホアキンが記憶を失ったからだ。実際には、二人は一年になる前にすでに別れているのだ。ホアキンも、記憶が戻ったらそれを知ることになる。そして性急にプロポーズしたことを猛烈に後悔するだろう。

「さあ、返事を聞かせてくれ」

「それは……できないわ。つまり、結婚はできないの。ごめんなさい。返事はノーよ」

「ノー？」

予想外の返事にホアキンは愕然《がくぜん》とした。近くで爆弾が爆発したかのように目の前が真っ暗になった。いろいろな可能性が頭に浮かんではいたが、これほどあからさまに拒絶されるとは思っていなかった。

「そんなはずはない。本気じゃないと言ってくれ」

「ほ、本気よ」

カサンドラの答えには迷いが感じられて、とても本気とは思えなかった。少なくとも、まだあきらめるわけにはいかない。

「そんな答え方では信じられない」

「信じて、お願い。もうあきらめて」

カサンドラは青白い顔で必死で訴えている。だが、ホアキンは信じようとはしなかった。

「あきらめる？　どういう意味だ？　なぜ僕がプロポーズをあきらめなくちゃいけないんだ？」

「あなたは記憶を失っているからよ。きちんと考えたと思っているみたいだけど、それはありえないわ。自分の気持ちに確信が持てるはずないもの。記憶が戻ったら、後悔するかもしれないでしょう？」

「まさか。君を愛しているんだ。それをどうして後悔したりするんだ？　四週間分の記憶なんか、戻らなくたっていいんだ」

彼女の目が光って見えるのは、涙のせいだろうか。いや、月の光があたって見えるだけかもしれない。涙なら歓迎だ。気弱になって、考え直してくれる可能性もある。だが、ホアキンのそんなかすかな望みも、カサンドラの次の言葉に打ち消された。

「それでは困るの。忘れるわけにはいかないのよ。だから、あなたとは結婚できないわ。私の返事は変わらない。今はこれ以外の返事はできないの」

今は。

ホアキンはその言葉に飛びついた。〝今は〟という言葉には少し期待が持てる。とりあえず今はだめでも、変わる可能性があるからだ。

「それなら記憶が戻ったら、もう一度プロポーズする。近いうちに必ず戻るはずだ。そのとき改めて、僕の妻になってほしいと言うつもりだ」

そこまでホアキンが真剣に考えていると知ればカサンドラも安心するだろうと思ったのに、彼女はまったく反対の反応を見せた。青白い顔が蒼白《そうはく》になり、瞳も暗く沈んでいく。

「わかったわ」カサンドラは力なく言った。「記憶が戻って、まだ私と結婚したいと思ったら、そのときはもう一度きちんと答えると約束するわ」

もっといい約束が欲しかったが、今はこれ以上は期待できそうにない。とりあえずは満足するしかないだろう、とホアキンは自分に言い聞かせた。

「その言葉を信じよう。このままあきらめるわけにはいかないんだ、カサンドラ。とてもあきらめ切れない」ホアキンは彼女の目の下にできたくまを指でそっとたどった。かわいそうに、ひどく疲れた顔をしている。「だが、今夜はもう二人ともくたくただ。ゆっくり休むことにしよう」

ホアキンは立ち上がり、カサンドラを引き上げて腰をしっかり抱いた。そうしておけば、またするりと身をかわされずにすむと思ったのだ。

「ただし、僕のベッドで寝るんだぞ」ホアキンは議論の余地を残さないように、きっぱり言い切った。「医者が何をどう言おうと関係ない。僕の横で寝てほしいんだ。君が眠る場所は僕のベッドだけにしてくれ」

カサンドラは一瞬何か言いたげな様子を見せたが、息をついて少し考えてから、目を伏せてうなずいた。

「よし」ホアキンはそれだけ言い、カサンドラのほっそりした体を胸に抱き上げて、彼女の頭を肩にもたれさせた。彼女は僕のものだ。いつかきっと妻にしてみせる。

僕の妻……。そう思うと、ホアキンの心は温かい喜びに包まれた。薄暗い月明かりの下にいるのに、さんさんとした朝日を浴びているような気分になってくる。

僕のベッドで腕枕《まくら》をして寝て、朝には一緒に目を覚ます。また新しい一日の始まりだ。明日になったら、僕の気持ちを彼女にわかってもらうために、また一からやり直そう。そうすればいつかきっと、彼女がイエスと言ってくれる日がやってくる。

ホアキンはカサンドラを自分のベッドに連れていった。彼女は疲れ切った様子で、横になると同時にホアキンにぴったり身を寄せた。すると二人のあいだにふたたび情熱の火がともり、熱く狂おしい炎となって燃え上がった。二人は熱に浮かされたように時を忘れて愛をむさぼり合った。だが、記憶も不安も心配も焼きつくすような情熱のさなかにあっても、彼女こそ妻にしたいたった一人の女性だという確信だけは、ホアキンの心にしっかり刻み込まれていた。

そんな思いに包まれて、ホアキンは眠りに落ちた。心も体も満ち足りていた。今夜プロポーズを断られたのはちょっとした行き違いで、幸せな将来は約束されていると信じていた。何か生々しい夢にうなされたような気がしたが、目覚めたときには太陽がすでに高く昇り、夢を見たことしか思い出せなかった。時計を見て、ホアキンは寝過ごしてしまったことに気づいた。今すぐ出ないと商談に遅れてしまう。

足は自動的にシャワールームに向かい、いつの間にか服を着て支度ができていた。その間ずっと、ベッドに戻ってカサンドラの隣に横たわりたくて、体がむずむずしていた。

腕の中で眠る彼女がゆっくりと目覚める様子を見守りたい。彼女の肌のいいにおいをかぎながら、唇にキスをする。彼女はふっとため息をついてまばたきし、目覚めると同時に僕の顔を見る。それから真っ青な瞳がだんだん色を深めて、欲望の炎がともる。そんな様子が見られれば言うことはない。

なのにくだらない商談のせいで、今朝は時間に余裕がない。誰かに代わりを頼めばよかったのにそうしなかったことを悔やみながら、ホアキンは家を出ようとした。だが、玄関の取っ手に手をかけたとき、このまま出かけるわけにはいかないと思った。何も言わずに家を出てはいけない。きちんと顔を見て、出かけるよと言ってキスしてからにしよう。

まったく情けないいな、と階段を上りながらホアキンは思った。カサンドラには、すっかり骨抜きにされてしまったようだ。ほんの何時間か離れているだけなのに、これだけ名残惜しく思うとは。

階段を上り切って廊下を歩きはじめたとき、何かがふっとひらめいた。光の加減が変わったように、今まで見えなかった現実が見えた気がした。何かがおかしい。

どうしたんだ？　僕はなぜ仕事に行こうとしている？　今日は土曜日じゃないか。休みの日だぞ。寝坊をしようが、一日中寝ていようが構わないはずだ。

ロンドンから来たバイヤーとの商談は今朝じゃない。三週間前のことだ。しかもディナーの約束だった。なのに大あわてで支度して、僕はどこへ行こうとしていたんだ？

ホアキンの足が止まった。寝室のドアを開けようとしていた手が、空中で凍りつく。思い出した。

ゆうべ見た悪夢が脳裏を駆けめぐり、ホアキンの頭を揺さぶった。怪我《けが》の後遺症がようやくやわらぎ、空から雲が引いていくように頭の中がすっきり晴れた。

失われた四週間の記憶が戻ってきたのだ。それは生々しく、衝撃的な事実としてホアキンの胸によみがえった。

記憶が失われた理由を、そのときホアキンははっきり知った。頭から消し去りたいと思ったからなのだ。

12

カサンドラはゆっくり、どちらかといえばしかたなしに目を覚ました。

深淵《しんえん》に引きずり込まれるようにして眠り、まぶたの裏に太陽をまぶしく感じる今になっても、まだ起き上がる気にはなれなかった。このまま夢と目覚めの境にいて、ホアキンが横にいるだけで幸せな時間をゆっくり過ごしたい。

だが、ホアキンはいなかった。

カサンドラは、横で眠っているはずのホアキンに手を伸ばした。ところが手はすでに冷たくなったシーツをさわるばかりだ。ホアキンはだいぶ前にベッドを出たらしい。

前にもこんなことがあった。目覚めるとホアキンがいなかったあのときのことが脳裏をよぎり、眠気は一気に吹き飛んだ。彼はあのときみたいに何か用事があって出かけたのかもしれない。それとも、ただちょっと階下《した》に行っているのだろうか。

ああ、ホアキンの記憶が戻るのを恐れる日々は、いつになったら終わるのだろう。でも、びくびくしているほうが、その瞬間がくるよりはましかもしれない。彼の記憶が戻ったら、恐れは本物の絶望に変わるのだから。

カサンドラはたまらなくなってベッドから飛び起きた。次の瞬間、ひどいめまいに襲われて、思わずうずくまった。

空腹がたたったんだわ、とカサンドラは遅ればせながら思った。ゆうべは結局夕食を食べなかったから、最後に何かを口にしてからまる一日たっている。ひどいストレスにさらされて、口にしたものはコーヒーだけとなれば、気分がすぐれなくて当たり前だ。でも……。

「ああ、だめ！」

食べ物のことを考えたとたんに、カサンドラは激しい吐き気に襲われてバスルームに駆け込んだ。どうにか洗面台の前に立つと、あとからあとから胃液がこみ上げてくる。

この期に及んで具合が悪くなるとは、まさに踏んだり蹴《け》ったりだ。

カサンドラははっと身をこわばらせた。目の前が真っ暗になっていく。これはもしかしたら……。

「食あたりかい、いとしい人《ケリーダ》？」背後で皮肉たっぷりに尋ねる声がした。自分でも考えたくなかった質問だ。

「わからないわ」カサンドラはうつむいてつぶやいた。

裸のまま大あわてで駆け込んだからさぞかし見苦しい格好だったに違いないが、この身も凍るような恐怖の予感に比べれば、恥ずかしさなど取るに足りない感情だった。その予感は、ホアキンの次の言葉で現実のものとなった。

「わからない？　記憶を失ったのは僕だけかと思っていたよ。それなら教えてくれないか。答えが僕の思ったとおりなら、おなかの赤ん坊の父親は僕かい？　それとも弟のほうか？もしくは僕が知らない誰かかな」

どう説明したら信じてもらえるだろう。気分が悪くなったせいでカサンドラの喉はひりひりし、背中を伸ばすと、口を開くのにも苦労するくらいの息苦しさを感じた。

「記憶が戻ったのね」

「そのとおりだ。何もかもすっかり思い出したよ」

「よかったわ」

心は沈んでいたが、その言葉に嘘《うそ》はなかった。これで、いつ悲劇に襲われるかわからない不安から解放される。ぎりぎりの精神状態で耐えるよりは、斧《おの》で一打ちにされるほうがいくらか楽だ。そのときにはどうなるかと心配する必要がなくなるのだから。

そして今、やっとそのときが訪れた。結果はカサンドラが恐れていたとおりだった。

力を振りしぼって顔を上げると、鏡の中にホアキンの姿が見えた。これはもしかしたら予想を超える最悪の結果になるかもしれないとカサンドラは思った。彼はバスルームの入り口に背をもたせかけるようにして、険しい表情で腕組みをして立っている。カサンドラのおどおどした視線とホアキンの底知れぬ不穏な視線が、鏡の中でかち合った。

「よかった？　これのどこがよかったんだ？」

「本心から言ったのよ！」カサンドラはぱっと振り返ってホアキンを見た。そのとたんにめまいに襲われて、白い洗面台に手をかけて体を支えた。「記憶が戻ってよかったわ。あなたの人生から欠けていた一カ月が戻ってきたんですもの。ぽっかりあいた穴がふさがれて、それから……」

「その一カ月のあいだに君がしていたことが、僕にわかってしまったのがそんなにいいことか？　おなかの子を僕に押しつけるたくらみが今にもばれそうなことはどうなんだ？」

「押しつける？」

カサンドラは頭がくらくらして、ホアキンの言っていることがよく理解できなかった。何しろ、まだ妊娠しているかどうかもわからないのだ。でも、その可能性は否定できない。しかも、ホアキンは絶対にそうだと信じている。そのうえ……。

カサンドラははっと気づいて息をのんだ。「まさか……。私がそんなことをするわけがないでしょう？」

「どうかな」ホアキンが口をはさんだ。「じゃあ、この一週間ここで何をしていたんだ？　妊娠していると知りながら、僕のところに戻ってきたんじゃないのか？」

「知らなかったわ！　妊娠の可能性なんて、ついさっきまで考えもしなかったのよ！」

「それはそれは。赤ん坊は男女関係から生まれるのは知っているだろうね？　その点、君はかなりご活躍だったから、少なくとも疑うぐらいはしているんじゃないかと思ったが」

これにはさすがのカサンドラもかちんときた。

「いい加減にして！　言いすぎにもほどがあるわ。どうしてそんなことを言うの？」

「同じ家族の人間と次々にベッドをともにするのは、かなりのご活躍だと思うが」

いかにも軽蔑《けいべつ》しきった表情のホアキンの顔を、平手打ちしたい衝動に駆られる。だがカサンドラはそれを、指をぎゅっと握り締めてこらえた。

「私はあなたが考えているようなことは何もしてないわ」

「ふうん」

「してないって言ってるでしょう？　だからそこで人をばかにしたような顔で突っ立っているかわりに、紳士らしく、私が服を着に行けるように道を開けてくれたらどうなの？」

服を着れば、少しは気持ちが楽になる。それでこの苦境から脱することはできないにしても、裸で立っているよりは気をしっかり持てるだろう。

「これは大変失礼《ベルドン・ロ・シエント》！」ホアキンは大げさに一歩退いた。「君と一緒にいると、紳士であることを忘れてしまいがちでね」

辛辣《しんらつ》な皮肉を込めて言いながらも、ホアキンはカサンドラがバスルームから出られるように寝室に退いた。

カサンドラはぼろぼろの自尊心をなんとかつなぎ合わせてホアキンの横を通り過ぎた。足が震えていることも、魂が崩壊寸前なのも気づかれてはいけない。気力を振りしぼり、頭を高く掲げて歩こう。

やっとベッドにたどりつくと、カサンドラは力つきて隅にどさりと腰かけた。倒れ込むようなへまをしなかったのは幸いだった。

「ほら」

ぶっきらぼうなホアキンの声に顔を上げて、目にしたものにカサンドラはショックを受けた。ホアキンが差し出しているのは、ゆうべ着ていた淡い緑色のローブだった。

「やめて」カサンドラは髪が顔にあたるほど激しく首を振って拒んだ。「それはいや。ほかに何かないの？」

「たとえば？」

ホアキンは床にシルクのローブを落とすと、そこら中を差しているカサンドラの指の先にあったものを取り上げて、カサンドラのほうへほうった。

カサンドラはひどくみじめな気分で手の中の黒いローブを見た。ホアキンの家を出た日の朝、こんなふうに口論になったときに着ていたホアキンのローブだ。これでは緑のローブのほうがましだったかもしれない。

というのも運命の残酷ないたずらか、ホアキンもまた、カサンドラを残して仕事に出たあの朝と同じ格好なのだ。スマートなグレーのスーツ、ワインレッドとブルーのネクタイ、手首に光る銀のカフスまでまったく同じだ。まるであの人生最悪の瞬間に時が戻り、もう一度同じ場面を演じているようだった。

それでも裸のままでホアキンの鋭い瞳にさらされているよりはいい。カサンドラは大急ぎでローブにくるまると、肌に食い込むほどぎゅっとベルトを締めた。

「前にもこんなことがあったね」ホアキンはカサンドラの格好を上から下まで眺めて皮肉たっぷりに言った。「きっと同じような結果になるんだろうが、今度は役が入れ替わる。寝室を出るのは君、ドアを閉めるのが僕だ」

ホアキンの言葉を聞き、カサンドラはふと、彼がつらい思いを押し殺しているように感じた。心の奥底にずっと閉じ込めてきたつらい思いが、苦い口調にちらりとのぞいた気がしたのだ。

そんなことを考えるのは、相当混乱している証拠だ。〝つらい〟などという言葉はホアキンには不似合いだし、心の奥底に秘めるような感情を彼が持っているとは思いがたい。

「私に出ていってほしいの?」

「そのつもりじゃないのか? 荷物をまとめて僕の家から出ていってほしい。二度と僕の前に姿を現さないでくれ。記憶が戻ったときまず一番に思ったのは、君にそう告げることだった。それでも君は、僕の記憶が戻ったことを喜ぶ気になれるかい?」

「ええ」カサンドラは深々とため息をついた。「記憶が戻ってよかったわ。あなたにとっては、それが一番いいもの」

「そうだな。僕にとっては一番いい。だが君にとってはどうなんだ？　僕が結婚を申し込んだとき飛びつくべきだったな。それならまだチャンスがあったものを。こうなったからには、ラモンにすがるか？　君がまた僕といい思いをしていたのを許せるほど、寛容なやつかどうかは知らないが」

「あなたはラモンのことを完全に誤解しているわ」カサンドラはがっくり肩を落として息をついた。「ラモンは私のことは眼中にないの。とある情熱的なスペイン女性に夢中で、振り回されてばかりいるのよ。もっとも、ラモン自身は恋してしまったことに気づいていないみたいだけど」

「それならラモンが気づく前に言い寄れば、チャンスはまだ……」

「そんなことはしないわ」

「しない？　なぜだ？」

「そのくらい、言われなくてもわかると思っていたわ」

カサンドラはベッドから立ち上がった。脚に少し力が戻っているのを知ってほっとする。吐き気もようやく治まってきたが、鏡に映った自分の顔を見て、あまりのひどさに顔をしかめた。

顔は真っ青で目は赤く充血しているうえに、髪は干し草のようにばらばらだ。しかし、そんなことはもうどうでもよかった。頭の中はホアキンに腹黒い女だと思われたショックでいっぱいだった。どうにかして真実をわかってもらいたい。でも、どうすればいいのだろう。

「何がわかると言うんだ？」

ホアキンにさらに一押しされて、カサンドラの心は決まった。頭をそらせて、ホアキンの目を正面からとらえる。もう、一点の疑惑も残すつもりはなかった。

「ラモンにすがるつもりがない理由は二つあるわ。一つはラモンにはもう意中の人がいること。もう一つは、私が愛するアルコラールはただ一人、あなただけだから」

〝ただ一人、あなただけだから〟

ホアキンは頭をがんと殴られたような衝撃を受けた。一瞬、カサンドラの言葉を信じそうになった。信じたくてたまらかった。だが、もう一度だまされるほどホアキンは愚かな人間ではなかった。

ホアキンはたしかに自分の目で見たのだ。カサンドラは自分の家のようにラモンのアパートメントに収まり、挑発的なローブ姿で現れて、ラモンは大切なものを与えてくれると言った。

あの忌まわしい事故が起こった夜、〝彼はあなたからは得られない大切なものを与えてくれるわ〟と面と向かって言ったくせに、僕が記憶を失ったとたん、何事もなかったように僕のもとに戻り、僕の気持ちを操った。僕はばかみたいにもう一度、今度は真剣にプロポーズまでした。ラモンのアパートメントでしたプロポーズは、追いつめられて捨て鉢になったあげくのことだったが。

それでも彼女の返事は忘れられない。

〝私の返事はノーよ。この地球にあなたと二人きり取り残されたって、あなたとは絶対に結婚しないわ！〟

ああ、どうして記憶を失ったりしたんだろう。それさえなければ、二度と彼女とはかかわりにならずにすんだのに。おもちゃのように心をもてあそばれて、もう一度プロポーズをしてまたもやあっさり拒絶されるような醜態をさらすこともなかったはずだ。

そのうえ今になって〝ただ一人、あなただけ〟などと言われたって、誰が信じるものか。

ホアキンがふんと鼻で笑うのを見て、カサンドラは目を丸くした。

「本当よ！」

「そうだろうとも。もう少しで成功するところだったが、惜しかったね。だが、僕はそのかわいらしい口から飛び出す言葉は、もはや一言だって信じられないんだ。まるまる一週間、何事もなかったような顔で僕の家にいて……」

「何も言えなかったんですもの、しかたがないわ」

「ああ、医者に止められていたからね。ところが、その医者の指示とやらが、君のたくらみにとってしごく都合がよかったのが気になるんだ」

「たくらみ？」

「僕の家に居着いて僕の世話をしながら、信用を勝ち取って望みのものを手にすることだ」

それまでおどおどして気を揉《も》んでいた様子だったカサンドラが、急に顔色を変えた。唇をぎゅっと結び、ブロンドの髪を頭の後ろにさっと払いのける。

「それならききますけど、私の望みのものって何？」

瞳を挑戦的に輝かせ、頰を赤く染めるカサンドラを見て、ホアキンは体が熱くなるのを感じた。怒りのせいで血の気が昇り、しなやかな首も、広く開いたローブの襟元からのぞくゆるやかな胸の谷間も、きれいなばら色に染まっていく。

勇敢で華麗なカサンドラ。彼女こそ女の中の女だ。彼女は僕のもっとも原始的な魂を揺さぶり、欲望をかき立てる。彼女がしたことをあばき、僕の人生から追放しようと決心していたのに、今は何を捨ててもこの腕に抱きたかった。

「ホアキン」カサンドラが厳しい声で静かに言った。「あなたの世話をする以外に、どんな理由があって私がここに戻ってきたと思っているの？」

「尋ねるまでもないだろう？　君には金持ちの男をつかまえておく必要があった。おなかにいる子供のために。時期的にラモンの子とは考えにくいが、もしかしたら君は……」

「やめて！　ラモンの子のわけはないわ。絶対にないの。わかった？」

「ということは、いずれは自分の子ではないとラモンにばれるとわかっていたんだな。そこで僕のもとに戻る決心をした。子供は僕の子だと信じさせるために、僕以外の男とは関係していないと思わせようとしたんだ」

「私はあなた以外の男の人とは関係していないわ。少なくともあなたと出会ってから、ほかの男性にはまったくかかわっていないのよ」

真に迫る演技だ。もしかしたらカサンドラは真実を言っているのかもしれない。そんな考えが頭をよぎったが、ホアキンはかっとしてまともにものを考えられる状態にはなかった。爆発した火山から溶岩を止めることはできないように、ほとばしり出る怒りは止めようがなかった。

「あやうく君の望みどおりになるところだったよ。僕からプロポーズを引き出すのに成功したんだから」

「でも、私は断ったわ」

ホアキンは凍りついたように固まり、瞳を大きく見開きぽかんとした。やっと反撃のときが訪れたと思い、カサンドラは内心にんまりした。

「なんだって？」

茫然《ぼうぜん》と立ちつくすホアキンが気の毒にさえなってくる。

だが、ここで引くわけにはいかない。カサンドラはバスルームを出て以来初めて、自分が優勢に立ったのを知った。今やっと、ホアキンが一歩引いて彼女の言い分を聞こうという気になったのだ。このチャンスを無駄にしてはいけない。

「今あなたが言ったことをよく考えてみて。冷静になって、筋が通るかどうか確かめてほしいの」

ホアキンは黙ったままだった。どうやら真剣に考えているらしい。そこでカサンドラはもう一押しすることに決めた。

「あなたの言い分では、私はあなたからラモンに乗り換えたけれど、あなたが怪我《けが》をしたせいで戻ってくるはめになった。ところが私にとってはそれがかえって好都合だった。ちょうどそのころ、私は妊娠を疑っていたから」

妊娠。その言葉が頭をぐるぐる駆けめぐり、カサンドラは話の筋を見失いそうになった。今に至るまで、事の重大さを認識していなかったのだ。

私は妊娠しているかもしれないんだわ。ホアキンがどう思おうと、彼の子に間違いない。ああ、本当に妊娠していたらどうしよう……。

「そのとおりだ」ホアキンの言葉に、カサンドラははっと我に返った。ぼんやりしている場合ではない。

「それなら、あなたにゆうべプロポーズされたとき、私はどうして断ったの？　あなたの言うとおりだったとしたら、あなたの手から指輪をもぎ取ってでも指にはめようとするはずでしょう？」

沈黙がホアキンの心の内を雄弁に語っていた。だが、カサンドラはまだこれだけでは足りないと思って言葉を続けた。

「私にはあなたのプロポーズを受けることができなかったの。どうしてだかわかる？　あなたのことを愛しているからよ」

「愛ね」ホアキンは鼻で笑うようにしてカサンドラの訴えを退けた。「愛とはね。今さら聞いてあきれるよ。とても信じるわけにはいかないね」

「どうして？」

あまりにも冷静な自分に、カサンドラは我ながら驚いた。実際、これほど頭が晴れ渡っていたことはないような気がする。妊娠している可能性が関係していることは間違いない。ここで踏みとどまることが、自分だけでなくおなかの子のためになるのだという思いがカサンドラを冷静にさせた。この子は父親を必要としている。ホアキンもこの子に会いたがるに違いない。今はただ、そこまで考えが及ばないだけなのだ。

「私があなたを愛しているということが、どうしてそんなに信じられないの？　あなたをこれほど大切に思っていなかったら、プロポーズされたときには迷わずイエスと言ってたわ。あなたが正しい結論に至っていないと知りながら、それを受けることもできたのよ」

「僕は正しいと思っていたんだ。自分の気持ちに間違いはないと知っていた」

「ええ、私もあなたの気持ちを信じたわ。でも、あなたには知らないことがたくさんあった。それを知らないままで下した結論だったから、私には受けることができなかったの。あなたからプロポーズされることを何よりも望んでいたけれど、あなたの記憶喪失を利用するようなまねはしたくなかった。記憶が戻ったらあなたが後悔するとわかっていたからよ。結果、そのとおりになったでしょう?」

カサンドラは心臓が停止したかのように感じていた。呼吸が苦しい。彼女はホアキンの答えを待った。

答えは彼の顔にはっきりと表れていた。口を開くまでもなく、彼の言おうとしていることはわかった。

「ああ。後悔したよ。後悔することがこれほどつらいとは思ってもみなかった」

すべてが終わったことをカサンドラは知った。これ以上できることはない。残された道は、いさぎよく去ることだけだ。

「わかったわ」みじめな気持ちでいっぱいだったが、涙は出なかった。目が乾き切って、手でごしごしこすらないようにこぶしを握るのが精いっぱいだった。「じゃあ、荷物をまとめるから」

カサンドラは寝室のドアに向かった。足を前に進めるたびに、心を引き裂かれるような悲しみに襲われる。片足を出して、もう一方の足を出して。ホアキンはじっと立ったまま、冷たい目で微動だにしない。

またもとの足を出して。

ドアは目の前だ。

「行かないでくれ！」

突然大きな声がした。カサンドラは驚いて飛び上がり、気がつくとホアキンのほうを向いて立っていた。彼の顔は、さっきまでとはまったく違う。唇をぎゅっと結び、憔悴《しょうすい》しきったような顔で、目だけがぎらぎら輝いていた。

「行かないでくれ」ホアキンは抑えた声でもう一度言った。だが、声の震えは隠せない。「お願いだ。もう一度君がいなくなったりしたら、僕は生きていけない。この前はどうにか切り抜けることができた。だが、今度は無理だ」

「なんですって？」カサンドラは自分の耳を疑った。「あなたが……？」

だが、ホアキンはそれには答えずに、カサンドラのほうへつかつか歩み寄り、手を取ってぎゅっと握り締めた。まるでそうやってつかまえておかなければ、カサンドラがどこかに行ってしまうと思っているようだった。

だがその心配はなかった。驚きのあまりカサンドラの体はわなわな震え出し、足から力が抜けてしまっていた。こんなふうに思いつめたような目で見られると、戸惑いのあまりどっちを向いていいかさえわからなくなる。

さらにホアキンが床にひざまずくに至って、カサンドラの混乱は極致に達した。手を握り締めたままこちらを見つめる彼を、カサンドラは茫然と見返した。

「カサンドラ。ばかなことばかり口走ったことを許してくれ。ショックで度を失ってしまったんだ。本気で受け取らないでほしい。改めて言わせてくれないか」ホアキンの声はひどくかすれ、緊張しきっている。その様子にカサンドラはひどく驚き、同時に心を打たれた。

「改めて……何を？」

「君にはもう二回もプロポーズしたが、二度ともひどいものだった。ラモンの家でのプロポーズは君に対する侮辱でしかなかった。必死だったんだ。どんなことをしても、君を取り戻したかった。君は結婚したかったからラモンのところに行ったんだと思い込んで、プロポーズがその手段になってしまった。実はあのときすでにポケットには指輪が入っていたんだ。だが、あんなプロポーズでは、終身刑を言い渡されたも同然だっただろう？」

ホアキンは空いているほうの手で額に落ちた黒髪をかき上げたが、視線は一瞬たりともカサンドラの顔を離れなかった。

「ショックのあまり、自分が何を言っているかさえわかっていなかったんだ。君に出ていかれてからというもの、頭がおかしくなりそうだった。あちこち捜し回ったが君は見つからない。そんなとき、ラモンの家で君と鉢合わせして、君がラモンと住んでいることを知った」

「ラモンのところに身を寄せていただけよ。一緒に住んでいたのとは違うわ」カサンドラは静かに言った。早く先を聞きたかったが、これだけははっきりさせておかなければと思ったのだ。

「ああ、わかってる」ホアキンは、まったくどうしようもないというふうに首を振った。「心の底ではずっとわかっていたんだ。だが、僕はきちんと物事を考えられる状態になかった。前から君とラモンが一緒にいるところを見ては、もしかしたら君は本当はラモンのことが好きなんじゃないかという考えが頭をよぎっていた。僕はラモンに対して妙なコンプレックスを持っているらしい。ラモンは父のお気に入りの息子だから、君ももしかしたらと」

「そんなことがあるはずないわ。私にはあなたしか見えていなかったんですもの。私が愛するアルコラールはただ一人。あなただけよ」

「だったらなぜ……」

つらそうに顔をゆがめるホアキンを見て、カサンドラは彼が何をきこうとしているのかをすぐに察した。

「なぜ出ていったのか？　あなたに捨てられるのが怖かったからよ。一年が過ぎれば、別れを告げられるのは時間の問題だと思っていたの」

「君を捨てる？　まさか！　だが、自分の気持ちを認めるのが怖くて、最後の最後まであがいていたのは確かだな。あんなに自信を失い、不安な思いをしたのは初めてだったんだ。そのうえ君が変わってしまったように思えて」

「変わったように見えたとしたら、私も不安だったからだと思うわ。私も怖かったの。お互いを縛らない関係でいる約束だったのに、自分の気持ちが変わってしまったことを知ったから」

「それは僕の責任だ。最初にそんな関係を押しつけて、自分の気持ちが変わりつつあることを君に打ち明けようとしなかった。弱い人間だったから、君に正直な気持ちを伝えるのが怖かったんだ。そうしなかったことが悔やまれるよ。僕は君に夢中なんだから。君は僕の世界を揺るがせて、練りに練った人生の計画や目標を根こそぎひっくり返してしまった。君と出会って初めて、結婚を真剣に考えるようになった。子供のいる人生のことも」

　ホアキンは手をカサンドラのおなかにあてた。彼の長い指がいとおしそうに腹部を包むのを見て、カサンドラはそこに新しい命が宿っていることを狂おしく願った。

「カサンドラ。君は僕の人生そのものだ。だからもう一度、僕の願いを聞いてくれないか」

カサンドラはじれったくなってきた。続きを聞くまでもなく、もう返事は決まっている。

「ホアキン・アルコラール。前置きはもういいわ。もう一度プロポーズする気はあるの？」

「もちろんそのつもりだ。だが、今度こそプロポーズのしかたを間違えないようにしないと」

「まあ、ホアキン！」

カサンドラは幸せに満ちた声で言った。顔は喜びでいっぱいになり、青い目は世界一大きなサファイアのようにきらきら輝いている。

「その必要はないわ。あなたはもう、これ以上ないほどすばらしいプロポーズの言葉をくれたもの」

カサンドラはホアキンの手を引っぱって彼を立たせると、腕にぎゅっと抱き締めた。

「私の返事はイエスよ。お受けするわ。ああ、愛してるわ。だから、そこにじっと立っていないで早くキスして」

ホアキンはカサンドラのいとおしく輝く顔を見下ろして、心からの笑顔を見せた。彼の黒い瞳は、あふれるほどの愛に満ちていた。

「喜んで」ホアキンは頭をそっと傾けて、カサンドラの願いを叶《かな》えた。

●本書は2005年7月に小社より刊行された作品を文庫化したものです。

十二カ月の恋人

2024年9月1日発行　第1刷

著　者　ケイト・ウォーカー

訳　者　織田みどり（おだ　みどり）

発行人　鈴木幸辰

発行所　株式会社ハーパーコリンズ・ジャパン
東京都千代田区大手町1-5-1
04-2951-2000（注文）
0570-008091（読者サービス係）

印刷・製本　中央精版印刷株式会社

定価はカバーに表示してあります。

ISBN978-4-596-77847-5

9月13日発売

ハーレクイン・シリーズ 9月20日刊

ハーレクイン・ロマンス

愛の激しさを知る

王が選んだ家なきシンデレラ　ベラ・メイソン／悠木美桜 訳

愛を病に奪われた乙女の恋　ルーシー・キング／森　未朝 訳
《純潔のシンデレラ》

愛は忘れない　ミシェル・リード／高田真紗子 訳
《伝説の名作選》

ウェイトレスの秘密の幼子　アビー・グリーン／東　みなみ 訳
《伝説の名作選》

ハーレクイン・イマージュ

ピュアな思いに満たされる

宿した天使を隠したのは　ジェニファー・テイラー／泉　智子 訳

ボスには言えない　キャロル・グレイス／緒川さら 訳
《至福の名作選》

ハーレクイン・マスターピース

世界に愛された作家たち
〜永久不滅の銘作コレクション〜

花嫁の誓い　ベティ・ニールズ／真咲理央 訳
《ベティ・ニールズ・コレクション》

ハーレクイン・プレゼンツ作家シリーズ別冊

魅惑のテーマが光る極上セレクション

愛する人はひとり　リン・グレアム／愛甲　玲 訳

ハーレクイン・スペシャル・アンソロジー

小さな愛のドラマを花束にして…

恋のかけらを拾い集めて　ヘレン・ビアンチン他／若菜もこ他 訳
《スター作家傑作選》